AF198894

Yasmin Mai-Schoger

Die Schwälbler

Geschichten von der Achalm
...und der Schwäbischen Alb!

Die Schwälbler

Yasmin Mai-Schoger

Bibliografische Information der Deutschen Nationalbibliothek:
Die Deutsche Nationalbibliothek verzeichnet diese Publikation
in der Deutschen Nationalbibliografie; detaillierte
bibliografische Daten sind im Internet über http://dnb.dnb.de
abrufbar.

© 2019 Yasmin Mai-Schoger

Bilder/Zeichnungen: Yasmin Mai-Schoger

Herstellung und Verlag:

BoD – Books on Demand, Norderstedt

ISBN: 978-3-750-41198-2

Printed in Germany

„Kinder sind wie Brotkrumen, die dir den Weg des Lebens zeigen!"

Yasmin Mai-Schoger

....oder durchs Schwabenländle!

Inhaltsverzeichnis

Die Schwälbler –
Ulm und der Ausflug auf die Schwäbische Alb

Es gibt sie noch, wenn auch nur ganz wenige. Aber ich habe sie gesehen, mit meinen eigenen Augen! Ich kannte die alten Geschichten über die *Schwälbler,* schon meine Großmutter hatte mir von ihnen erzählt. Doch noch nie hatte ich einen aus der Nähe gesehen und ich dachte, dass sie nur eine Erfindung meiner Großmutter seien, die ja gern Geschichten erfand, damit sie uns Kinder ins Land der Träume schicken konnte.

Am liebsten erzählte sie Geschichten über die *Schwälbler* oder die *Harznoks.* Ein ganz besonders schönes und zierliches Exemplar der Schwälbler saß nun auf einem kleinen Steinchen vor mir und schaute traurig hinunter ins Tal. Ganz zufällig hatte ich es gesehen, als ich den Pfad zur Achalm hinauf wanderte um meinen Freunden den wunderschönen Blick ins Tal zu zeigen. Meine Freunde waren im Gespräch vertieft und so sahen sie die wunderbaren Kleinigkeiten, die am Wegesrand zu sehen waren nicht.

Achtlos gingen sie vorüber an den wunderschönen Buschwindröschen die in der Sonne ihre weißen Fächerblüten ausstreckten oder an den gewöhnlichen Katzenpfötchen, die mit ihren langen Stängeln immer weiter in den Himmel hinein zu wachsen versuchten.

Auch die herrlich duftenden Veilchen beeindruckten sie nicht, sie gingen weiter und weiter und weiter.

Natürlich sahen sie auch den kleinen *Schwälbler* auf dem großen runden Stein nicht. Ganz langsam und vorsichtig trat ich an ihn heran. Scheinbar hatte er mich nicht gehört, denn auch als ich näher kam, flog er nicht davon. Er seufzte, stand langsam auf, nahm die kleine gelbe Blume in die Hand und pustete den Blütenstaub in den Wind. „Was machst du da", fragte ich den kleinen putzigen Kerl so leise wie ich nur konnte, damit dieser sich nicht erschreckte.

Das anmutige Wesen, welches einer kleinen Fee und gleichzeitig einer wunderschönen Elfe und einem geschmeidigen Schmetterling ähnelte, schaute mich mit seinen großen grünen Augen an und fragte ungläubig ob ich ihn sehen könne.

Ich lachte, kniete mich zu dem freundlich wirkenden *Schwälbler* hinab und ließ ihn auf meine Hand krabbeln. Da stand er nun mit seinem winzigen Eimerchen aus einer Walnuss-Schale in der Hand und ich konnte ihn ganz aus der Nähe betrachten.

Auf dem Kopf trug er eine blaue Glockenblume, sein Kleid schien aus den zarten Blüten von Buschwindröschen geschneidert zu sein und auf dem Rücken hatte er feine, fast durchsichtige Flügel. Seine Schuhe, die eher aussahen wie Gummistiefel, waren grasgrün und waren aus Blättern der Küchenschelle - darin steckten seine kleinen zarten grünen Beinchen. Die Ohren waren leicht spitz und lugten unter der Glockenblume schelmisch hervor.

Kaum größer als ein Daumen stand er auf meiner Hand und lächelte mich verschmitzt an.

„Ich bin Ulm und stamme aus der Familie der *Schwälbler*", reagierte der daumengroße Kerl. Seine Stimme war ungewöhnlich klar und ich meinte in ihrem Klang einen Nachhall einer Grille zu hören. „Und wer bist du?", fragte der kleine *Schwälbler* unverfroren. „Ich heiße Caya und ich habe eure Geschichten als junges Mädchen von meiner Großmutter erzählt bekommen."

Bereitwillig schilderte Ulm, dass sich seit dem vieles geändert hatte. Ulm berichtete von den wenigen *Schwälblern,* die es nur noch in den Wäldern der Schwäbischen Alb zu finden gab.

Ein paar gab es in der Nähe der verlassenen Burgruinen der Achalm, ein paar entfernte Verwandte bei den Uracher Wasserfällen, eine Familie hatte sich in der Nähe der Bärenhöhle niedergelassen und ein Bruder der Cousine mütterlicherseits wohnte am Mädlesfels - Ah, fast hätte er vergessen, dass es auch in Sondelfingen, in der Nähe des Mammutbaumes eine Cousine dritten Grades gab. Naja und natürlich ein paar vereinzelte am Hundsrücken. Doch die meisten gab es wohl in und um Reutlingen.

„Stimmt es, dass ihr euch bei Regen unter die Hüte der hier wachsenden Pilze stellt?", wollte Caya sogleich wissen. Ulm lachte und nickte. „Und ihr trinkt tatsächlich aus den kelchartigen Blättern des Frauenmantels?", hakte sie nach.

„Der Morgentau sammelt sich in den gelappten, kelchartigen Blättern und den trinken wir dann!", schmunzelte der erzählfreudige *Schwälbler*.

Und wir kochen Pudding aus Buschwindröschen, backen Kuchen aus den Blüten der Katzenpfötchen und essen Eis aus Veilchenblättern! Alles typische Pflanzen auf der Schwäbischen Alb!"

„Und was machst du hier so ganz alleine?", fragte Ulm. „Ich wollte meinen Freunden die idyllische Landschaft zeigen, aber die haben für die Schönheit der Natur kein Auge und sind ohne mich weitergegangen", antwortete Caya ein bisschen traurig und schob die Frage, was er denn hier so allein machen würde, gleich nach.
„Nun ja, die *Schwälbler* helfen den Bienen die idyllische Landschaft mit ihrer einzigartigen Tier- und Blumenvielfalt zu erhalten".
Ulm erklärt weiter, dass sie zusammen mit den ganzen Käfern, Ameisen, Vögeln und Bienen dafür sorgen, dass es überall weiterhin so schön grünt und blüht und es die Tiere und Pflanzen weiterhin auf der Schwäbischen Alb gibt, da die Bienenvölker immer kleiner werden.
Und die *Schwälbler* sind dafür verantwortlich, dass alles funktioniert. So tragen sie beispielsweise die Blumensamen an die Stellen, wo die Menschen mit ihren Füßen die Wege ausgetreten haben. Und sie schicken die kleinen Käferchen in die Wälder, wenn die Bäume und Sträucher nach einem Sturm umgefallen sind und nun unnütz im Wege liegen.
Seine Freunde Fienle und Jockel sind zusammen mit Ulm rund um den Hausberg der Stadt zuständig und verbreiten gerade Blütenstaub – gestern hatten sie hundert Apfelbäume bestäubt,

und das war nur ein Bruchteil von den Bäumen die noch bestäubt werden müssen, denn auf der Schwäbischen Alb gibt es Unmengen von Obstbäumen, überall stehen Apfel- und Kirschbäume inmitten von prachtvollen Wiesen.

Fasziniert hörte Caya den Erzählungen von Ulm zu.

„Aber am allerliebsten fliege ich mit der Bienenkönigin zusammen im Ermstal umher, denn dort gibt es unzählige Süßkirsch- und Walnussbäume und zum Schluss geht es immer zu den Uracher Wasserfällen, dort wohnt die Bienenkönigin. Einfach herrlich!", schwärmte Ulm.

„Oh, da war ich schon so lange nicht mehr", seufzte Caya. Das letzte Mal war sie im Winter dort gewesen und der Anblick der gefrorenen Wasserfälle war so märchenhaft, dass sie sogar ein Gedicht darüber geschrieben hatte. Sie war damals ganz überwältigt von der Aussicht. Riesengroße eingeeiste Eiszapfen wuchsen von den einzelnen Stufen und ließen den Wasserfall märchenhaft und malerisch erscheinen.

„Wenn du willst kannst du ja mitkommen", scherzte Ulm. Doch als Ulm sah, dass Caya vollauf begeistert von der Idee war, planten sie tatsächlich einen Ausflug zusammen dorthin.

Bereits am nächsten Tag sollte die Reise losgehen. Sie trafen sich direkt am Fuße des Wasserfalls.

Das laute Grollen des Wassers war schon von Weitem zu hören und begeistert stiegen sie den Pfad nach oben zur Tuffsteinkante. Ulm flatterte aufgeregt um Caya herum und zeigte ihr jedes noch so kleine Buschwindröschen, Moospflänzchen oder Wurzelgewächs vor ihren Füßen.

An jeder Kaskade blieben sie stehen und schauten auf den Wasserfall. Und jedes Mal sagte Caya „Welch' herrliches Naturschauspiel".

Oben angekommen blickten sie hinunter und waren überglücklich. Natürlich erzählte Ulm auch ein paar der alten Geschichten der *Schwälbler*, denn sie hatte in Caya nicht nur einen begeisterten Naturliebhaber gefunden, sondern auch einen guten Zuhörer.

Zu hören war auch das Summen einiger Bienen, die dem Bienenstock der befreundeten Bienenkönigin angehörten. Nachdem die zwei Freunde sich ein wenig ausgeruht hatten, liefen sie gemeinsam wieder hinunter. Und schon auf dem halben Weg hatte Ulm eine tolle Idee. „Morgen muss ich zum Lemberg, es gibt dort ein Treffen der *Schwälbler*, wenn du willst, komm' doch einfach mit".

Natürlich war Caya sofort begeistert und so verabredeten sie sich auch für den nächsten Tag.

So trafen sich Caya und Ulm gleich nach dem Aufstehen direkt am Aussichtsturm des Lemberges. Ulm war heute ganz in weiß - er hatte ein kleines Maiglöckchen auf dem Kopf und auch sein Umhang war aus den Blüten eines Maiglöckchens geschneidert. Man sah gleich, dass es heute ein besonderes Treffen sein musste. Fast hatte Caya ihn in den zauberhaften Nebelschwaden übersehen. Der Schleier lag in den Wiesen und Tälern und zog nur langsam hinauf. Dicke Wolken umrahmten das malerische Bild rund um den Lemberg. Ulm traf sich an einer riesigen Fichte mit seinen Verwandten und Bekannten, Caya ging den Aussichtsturm hinauf und wollte dort auf ihn warten.

Schon der Wanderweg hierher hatte ihr sehr viel Spaß bereitet.

Caya war ein gutes Stündchen durch den Wald gewandert und hatte begeistert die gute und klare Luft eingeatmet. Auf dem Aussichtsturm angekommen, staunte Caya nicht schlecht, denn von hier oben konnte sie, als der Nebel abgezogen war, bis zu den Alpen sehen. Was für ein wunderschönes Panorama!

Damit hatte sie nicht gerechnet. Egal wohin man blickte Wälder, Wiesen und Felder, einfach atemberaubend. Grün in allen Nuancen und Facetten – Natur pur! Als sie dann noch einen Bussard am Himmel kreisen sah, konnte sie ihr Glück kaum fassen. Einen Bussard hatte sie zuletzt in Kindertagen gesehen. Der Bussard flog direkt auf Caya zu und landete dann oben auf der Fahnenstange! Mit ihren großen grünen Kulleraugen schaute Caya zu dem majestätischen Vogel hinauf und erblickte Ulm. Dieser stieg vom Rücken des Vogels und der Bussard streckte seine breiten kräftigen Flügel aus und ließ sich vom Wind fort treiben. Ulm flatterte hinunter zu Caya. „Und?" fragte Ulm, „ist es nicht herrlich hier oben?" Caya nickte und fragte nach dem Treffen der *Schwälbler*.

Ulm berichtete kurz, dass sie beschlossen hatten die Vögel der Schwäbischen Alb um Hilfe zu bitten, damit die Verteilung der Pollen ein bisschen schneller voran ging. Glücklicherweise gibt es ja genügend Vögel auf der Schwäbischen Alb.

Caya hatte auf ihrem Weg einen Buntspecht im Wald gehört, Spatzen traf sie fast täglich in ihrer Umgebung und in ihren Garten kamen jeden Tag mehrere Meisen und Amseln. Ulm ergänzte die lange Liste der hiesigen Vogelarten noch um Eichelhäher und Finken und beide schlossen ihre Augen um den Ruf des Bussards besser zu hören. „Wir haben den Reiher und den Storch vergessen", meinte Ulm und beide waren sich einig, dass die Schwäbische Alb mit ihren Wäldern und Streuobstwiesen ein wahres Vogelparadies sei!

Sie saßen noch eine ganze Weile oben auf dem Aussichtsturm und unterhielten sich über die Schönheit der Alb und über die vielen Schlösser und Burgen, die schon Grafen, Kaiser und Könige magisch angezogen hatten. Auch Caya war bereits auf Burg Hohenzollern zu Besuch gewesen und schwärmte von den prunkvollen Schauräumen mit kunsthistorisch bedeutsamen Objekten und der Schatzkammer mit geschichtlichen Erinnerungsstücken. Natürlich durfte in den Schwärmereien über Burgen auch Schloss Sigmaringen mit seinen kostbaren Gemälden und der bekannten Waffensammlung nicht fehlen.

Ulm erzählte, dass in der Nähe der alten Burgruinen auch oft *Schwälbler* zu sehen wären. Und Burgruinen, alte Mauern mit Erkern und Türmchen, sowie uralte Festungsmauern gab es ja massenhaft in der Umgebung, schließlich gilt die Schwäbische Alb als burgen- und schlösserreichste Landschaft Deutschlands.

„Hier hatten ja gleich zwei Kaisergeschlechter gelebt, die Stauffer und die Hohenzoller", ergänzte Ulm stolz. Unten angekommen schlug Caya gegen einen Stein und schrie vor Schmerz auf. Aber anstatt sich um Caya zu kümmern, schaute sich Ulm den Stein näher an. „Schau nur, wie schön", rief Ulm begeistert. Doch Caya wimmerte und hielt sich den Fuß und konnte sich nicht dafür begeistern. Erst als Ulm den Stein ein wenig auseinander brach und ihr eine kleine Schnecke im Stein zeigte, vergaß Caya den Schmerz und nahm den Stein in die Hand. Und tatsächlich, der Stein hatte ein Fossil in seinem Inneren. Nun war auch Caya interessiert. „Ein Schatz in vielen Steinchen wohnt, als wenn die Natur uns Puzzle-Teile hinterlassen hätte, damit wir Menschen die alten Geschichten niemals vergessen". Ulm kam gleich ins Schwärmen und erzählte von dem riesigen Meer, welches sein UrUrUrUrUrgroßvater noch höchstpersönlich hier gesehen hatte. Seinen Erzählungen nach war hier vor vielen Millionen Jahren ein Meer, um genau zu sein, das Jurameer. Delphinähnliche Ichthyosaurier, Knochenfische, Haie und sogar Quastenflosser schwammen vor seiner Nase herum. „Und genau aus dieser Zeit könnte auch das Fossil aus dem Stein stammen", ergänzte Caya, denn sie war vor Jahren einmal an einem Klopfplatz in Dotternhausen gewesen und hatte dort mit Hammer und Meißel Ammoniten freigelegt. Sie steckte es in die Tasche. „Du siehst, hier wimmelt es nur von Zeugen aus der alten Zeit", fügte Ulm hinzu, „Geheimnisse von Jahrmillionen Jahren, direkt vor unserer Nase". „Nach oben hin lauter Vulkane, Kuppen, Felsen und Klippen und nach unten hin ist das Ländle gelöchert wie ein Schweizer Käse", lachte Caya. „Zweitausendfünfhundert Höhlen durchziehen das Land", wusste Ulm. Die beiden stritten darüber ob die Blautopfhöhle oder die Laichinger Tiefenhöhle die schönere Höhle sei. „Jedenfalls gibt es nirgendwo so viele und so wunderschöne Höhlen wie hier, waren sich die beiden einig.

Es war dunkel geworden und so traten die zwei den Rückmarsch an. Plötzlich flatterten lauter kleine Fledermäuse um sie herum. Ganz erschrocken lief Caya aus dem Schwarm heraus, aber Ulm lachte nur, denn er kannte die winzigen Tierchen nur zu gut. Er ging gelassen weiter und so tat es Caya ihm gleich.
Im Mondschein lagen die entfernten Berge eindrucksvoll vor ihnen. Märchenhaft und fast schon filmreif präsentierte sich die hügelige Landschaft. Ulm konnte sich gar nicht sattsehen.
Endlich waren sie dann zu Hause angekommen, aber ihre gemeinsame Entdeckungstour sollte noch lange nicht enden, für den kommenden Tag planten sie einen Ausflug zur „Perle der Schwäbischen Alb".
Strahlender Sonnenschein und angenehme Temperaturen begleiteten die zwei Abenteuerlustigen an diesem Tag. Zum Glück, denn Caya und Ulm wollten mit dem Kanu die Lauter hinunterfahren. Da saßen sie nun also in ihrem Kanu und paddelten

gemütlich den Fluss entlang. Das Ufer hatte einiges zu bieten und auch im Wasser konnten sie eine Vielzahl von Fischen entdecken, sogar eine Libelle begleitete sie eine ganze Weile. Ulm schloss die Augen und schwärmte: „Hör nur die ganzen Vögel, wie sie am Ufer zwitschern". Und tatsächlich, man konnte die Schönheit der Natur nicht nur sehen, man konnte sie auch hören! Ein Frosch quakte am Rand, das Plätschern einer Forelle war zu hören, als diese wieder ins Wasser sprang, an einem nahegelegenen Baum klopfte ein Specht an einem Baum und die Vögel zwitscherten um die Wette. Dazu das sanfte Plätschern des Flusses - ein Paradies!

Sie fuhren an herrlichen Wiesen vorbei, auch Burgen und Felsruinen waren zu sehen. Die zwei waren so begeistert von der Aussicht, dass sie fast den kleinen Wasserfall übersehen hatten. Die Fahrt nahm an Geschwindigkeit zu und mit einem Mal waren sie mitten in den Stromschnellen. Vor ihnen hörten sie ein paar Kinder juchzen und lachen, so schlimm konnte es also nicht werden. Und so war es dann auch, das Kanu fuhr zügig den Wasserfall hinunter, das Gefährt wackelte ein wenig, Wasser spritze in das Innere und schon war es vorbei. Welch' willkommene Abkühlung!

Am Ende ihrer Kanutour legten sie sich zufrieden in das hohe Gras am Ufer und schauten den Wolken bei ihrer Reise zu und genossen die Ruhe. Um sie herum flatterten drei Wiesenvögelchen und einer setzte sich direkt auf Cayas Nase. Es kitzelte sie und sie musste niesen. Da lachte auch Ulm und freute sich darüber, dass ein paar seiner sehr weit entfernten Verwandten so heiter um sie herum flatterten.

Schmetterlinge fand Caya besonders schön und so ließ sie sich gern von Ulm die unterschiedlichen Schmetterlingsarten der Schwäbischen Alb erklären. Sie staunte nicht schlecht, als sie hörte, wie viele verschiedene Schmetterlinge es auf der Alb gibt. Besonders angetan war sie von dem Schwalbenschwänzchen, der fast wie ein Kolibri in der Luft schwirrte und aussah wie ein winziges Vögelchen mit einem langen Rüssel.

Caya hätte noch stundenlang mit Ulm im Gras liegen können und sich über die herrliche Natur der Schwäbischen Alb unterhalten können, doch leider mussten sie den Rückweg antreten, es war mal wieder spät geworden und sie wollten auf dem Rückweg noch einen kurzen Abstecher zum ehemaligen Truppenübungsplatz bei Münsingen machen um sich dort die riesige Schafherde anzuschauen, denn auch das ist ein unverwechselbares Markenzeichen der Schwäbischen Alb!

Bis zu dreißigtausend Schafe werden hier auf die umliegenden Sommerwiesen getrieben, was für ein seltener Anblick! So viele Schafe auf einen Haufen! Ein „Geblöke" und „Gemääe" von dreißigtausend Schafen, das muss man einfach mal gehört und gesehen haben! Leider war das auch ihr letzter geplanter Ausflug, denn Ulm musste ja den Bienen helfen den Blütenstaub zu verteilen. Seine Freunde Fienle und Jockel warteten sicher schon auf Ulm. Doch da sich

Caya und Ulm so gut verstanden und es noch so viel zu entdecken gab, wollten sie sich mindestens einmal im Jahr treffen um weitere Sehenswürdigkeiten der Schwäbischen Alb zu erkunden.

Und damit sie den Termin auch ja nicht vergessen würden, legten sie ihr Treffen auf den zweiundzwanzigsten Juli, denn da war der offizielle Tag der *Schwälbler*, an diesem Tag hatte vor vielen, vielen Jahren eine junges Mädchen den allerersten *Schwälbler* in der Nähe der Achalm entdeckt.

Und so kam es dann auch. Viele Jahre trafen sie sich am „Tag der Schwälbler" und erkundeten gemeinsam die Gegend.

Als erstes nahmen sie sich die unzähligen Höhlen der Alb vor, aber das ist eine ganz andere Geschichte.

Die Schwälbler - Am Fuße der Achalm

Endlich war es soweit, nur noch ein paar Tage, dann würden sich Ulm und Caya wiedersehen. Ulm war ein *Schwälbler* und wohnte mit ein paar anderen seiner Art bei den Ruinen oben an der Achalm. Und Caya?
Caya war ein junges Mädchen, welches der Schönheit der Schwäbischen Alb verfallen war, am meisten hatte sie doch die Achalm in ihr Herz geschlossen.

Vor vielen vielen Jahren hatten sich Ulm und Caya durch Zufall am Fuße der Achalm kennengelernt und seit dem trafen sich die beiden jedes Jahr am *Tag der Schwälbler,* welcher am 22. Juli jeden Jahres stattfindet. Meist trafen sie sich unten am Berg, um von dort aus die nahegelegenen Sehenswürdigkeiten gemeinsam zu besuchen.
Nun sollte man wissen, dass es sich bei den *Schwälblern* um kleine possierliche Wesen handelt, die elfenartiger Natur, den Feen sehr ähnlich, aber mit den Schmetterlingen verwandt sind.
Sie wohnen in den Wäldern der Schwäbischen Alb – ein paar hausen am Mammutbaum in Sondelfingen, eine Handvoll bei den Uracher Wasserfällen, ein Bruder der Cousine mütterlicherseits treibt mit seiner Familie am Mädlesfelsen sein Unwesen und in der Nähe der Bärenhöhle wohnen auch ein paar. Ah, und am Georgenberg ist ein einzelner Einsiedler ansässig, von dem man sich wundersame Geschichten erzählt.

Der älteste unter ihnen lebt seit Anbeginn seiner Zeit unter einem Baum, in einem ausgehölten Wurzelwerk. Dieses Wurzelwerk mit seinen kleinen Höhlen unterwandert den halben Berg der Achalm und bietet vielen Insekten Unterschlupf. Und noch viel wichtiger, das halbe Hab und Gut der *Schwälbler* liegt dort unten unter der Erde. So wie auch der Jahrhunderte alte Schatz der *Schwälbler*.

Gut, dass die Menschen nicht wissen, wo er zu finden ist. Was die Menschen auch nicht wissen ist, dass hier von den *Schwälblern* jedes Jahr tausende Samen gelagert werden, damit die vom Aussterben bedrohten Pflanzen immer weiter auf der Achalm wachsen können. Scheinbar hat sich ja noch niemand gefragt, warum hier oben diese Vielfalt an Pflanzen vorzufinden ist. Naja, Menschen halt! Sie wissen eben doch nicht alles!

Ungeduldig wartete Ulm oben bei den Disteln und beobachtete die fleißigen Bienen, die von Blume zu

Blume flogen. In fast jeder Distel war eine Biene zu sehen, das freute Ulm natürlich sehr, denn je mehr Bienen hier oben rumfliegen, umso weniger haben die Schwälbler zu tun.

Denn wenn die Bienen mit ihrer Arbeit nicht fertig werden, müssten die Schwälbler beim Bestäuben helfen und würden mit kleinen pollengefüllten Körbchen aus Walnussschalen an der Achalm herumfliegen und die Bäume und Blumen bestäuben.

Da Caya noch nicht zu sehen war, blickte er sich ein wenig um. Er sah zwei kleine Sandlaufkäfer, die sich gerade um den besten Platz auf einem Grashalm stritten. Gleich nebenan eine Erdhummel, die faul vor einem Erdloch rumkrabbelte.

Und einen wunderschönen braunen Schmetterling mit lustigen Punkten auf dem Rücken. Dieser flog von Strauch zu Strauch und steckte seinen langen Rüssel in jede einzelne Blüte. Was für ein wuseliges Treiben.

Als Ulm sich mit Schmetterling Elfride über die neuesten Geschehnisse unterhielt, stupste ihn von hinten ein kleines weißes Schaf.

Das Schaf kannte er nur zu gut, es weidete mit seiner Familie hier oben am Hang und sie trafen sich fast täglich. Gerade als er dem Schaf auf den Rücken gesprungen war, um es von den lästigen Himbeersträuchern in seinem Fell zu befreien, kam Caya die Wiese hochgelaufen.

Auch sie ging nicht achtlos an den Blumen und Tieren der Achalm vorüber. Hier gab es so viel zu entdecken!

Als erstes sah sie eine kleine Amsel, die aufgeregt auf einem Ast hin und her sprang und ein kleines Liedchen sang, gleich nebenan einen Neuntöter, der eifrig in der Hecke brütete. Wenn sie sich nicht arg irrte, sah sie sogar gerade eine riesige grasgrüne Heuschrecke an sich vorbei hüpfen - Ach, wie herrlich es doch hier oben ist! Caya fühlte sich hier ganz besonders wohl, hier konnte sie stundenlang sitzen, den Insekten zuschauen, die seltenen Blumen bewundern oder einfach nur über das schöne Tal blicken. Ein schönes Plätzchen! Genau richtig zum Spazieren, Träumen oder Pausieren.

Als Caya in Richtung Burgruine sah, entdeckte sie Ulm mit dem Schaf und mittlerweile mindestens sieben bunten Schmetterlingen, die wild und ausgelassen um Ulm herum tanzten. Die Schmetterlinge waren ja weitläufig mit den *Schwälblern* verwandt und Ulm liebten sie über alles.

Freudig rannte sie auf ihren Freund zu. Doch sie hatte nicht mit dem etwas überängstlichen Schaf gerechnet. Dieses lief sofort los als es das Mädchen auf sich zu laufen sah. Kurz konnte sich Ulm noch in dem wolligen Fell festhalten, doch dann purzelte er hinten über, von dem Schaf hinunter und direkt in den frischen Thymian.

Caya half ihm auf, nahm ihn in die Hand, entfernte noch ein paar Wolllocken von seinen zarten Blütenkleidern und führte ihn dann behutsam zu ihrer Nase. „Du riechst nach Pizza", lachte sie und setzte ihn vorsichtig auf ihre Schulter.

Nachdem sich Ulm ein wenig beruhigt hatte, gingen sie Richtung Rappenplatz, ganz in der Nähe hatte Ulm mit seiner Familie seine „Zelte aufgeschlagen" und wohnte in einem verlassenen Mauseloch.

Nun tranken die beiden ungleichen Freunde erst einmal heißen Tee aus Distel-Blättern, verfeinert mit Blütenpollen und getrocknetem Hufeisenklee.

Diesen tranken sie natürlich aus den kleinen kelchartigen Blüten des Frauenmantels. Dazu reichte Ulm Pudding aus Buschwindröschen und verschiedene kleine Törtchen mit Flockenblumen-Splittern und Orchideen-Raspeln.

Natürlich gab es auch warme Thymian-Brezeln mit Oregano und einem Hauch Salbei. Alles frisch mit Kräutern von der Achalm. Sogar Orchideen-Gummibärchen hatte Ulms Frau gemacht.

Alma hatte sie sorgsam am Vortag gesammelt und alles mit viel Hingabe extra für das Treffen der zwei Freunde gebacken. Und das, obwohl sie gestern Fienle und Jockel geholfen hatte, über 100 Bäume und Sträucher rund um die Achalm zu bestäuben.

Auch sie hatte das junge Mädchen sehr liebgewonnen und wenn sie Zeit hatte, begleitete sie die beiden manchmal auf ein paar Schritte.

Doch nun musste Alma oben auf der Achalm die jungen *Schwälbler* unterrichten. Heute wollte sie den Kindern die unterschiedlichen Berge und Wälder in der Umgebung nahebringen.

Später stand ein Ausflug auf den Georgenberg an, schließlich war dieser ganz in der

Nähe ihres Hausberges und manche beschrieben ihn als „kleinen Bruder der Achalm". Und Alma meinte es schade nicht, wenn auch die kleinsten unter ihnen sich ein bisschen in ihrer direkten Nachbarschaft auskannten. Alma verabschiedete sich kurz und flog dann voller Tatendrang den Hang hinauf.

Ulm hatte sich auf einen abgestorbenen Ast eines alten Baumes gesetzt, streckte seine feinen Beinchen von sich und gönnte seinem kleinen vollgefressenen Körper eine kleine Pause, er hatte mal wieder viel zu viel von dem leckeren Kuchen gegessen! Nun wollten Ulm und Caya ganz in Ruhe Pläne für den heutigen Tag schmieden. Diesmal wollten sie zur Bärenhöhle. Das hatten sie schon länger geplant, aber irgendwie kam immer etwas dazwischen. Nun sollte es endlich so weit sein!
Nach einer kleinen Pause und einem wirklich sehr netten Gespräch mit einem vorbeifliegenden Marienkäfer, der gerade auf dem Weg zur Eselwiese war, zogen die beiden endlich los.
Caya wollte noch einen kurzen Spaziergang an der Echaz machen, sie hatte dort vor ein paar Tagen einen Rotzkopf schwimmen sehen und wollte mit Hilfe von Ulm nachschauen, ob dies wirklich ein Rotzkopf sei oder lediglich ein marmorierter Grundel, mit dem man den Rotzkopf nur zu schnell verwechseln konnte.
Sie liefen also am Ufer der Echaz entlang, da hörten sie plötzlich eine wunderschöne Melodie, sie schien von einem Klavier zu stammen.

Aber konnte das sein? Bestimmt hatte nur jemand das Fenster offengelassen und nun hörte man diese herrlichen Klänge. Ulm und Caya folgten den Tönen und waren schon fast auf dem Marktplatz. Tatsächlich, dort stand ein Klavier, mitten auf der Wilhelmstraße.

Und ein kleiner Junge saß davor und spielte leidenschaftlich eine schöne Melodie. Dazu sang jemand leise mit. Nun mussten beide lachen - sie kannten dieses Lied nur zu gut, war es doch das Lied über ihre geliebte Achalm! Sie sangen ein paar Strophen während sie weitergingen. „... ein Ort zum Verweilen, Pausieren und Träumen", sangen sie aus voller Kehle.

„Wenn wir schon hier sind, kann ich dir auch gleich die Engste Straße der Welt zeigen, das wollten wir doch auch schon die ganze Zeit machen", sagte Caya. Ulm willigte ein und so brachten sie mal wieder ihre Pläne spontan durcheinander. Wie so oft! Nun liefen sie also durch das Tübinger Tor, am Göckelesbrunnen vorbei, die Wilhelmstraße hoch.

Ulm hatte sich in dem Kragen von Cayas Jacke versteckt, schließlich wollte er ja nicht gesehen werden. Noch nie war er am helllichten Tage in der Stadt gewesen. Noch nie hatte er so viele Menschen in der Stadt gesehen. Große Menschen, kleine Menschen, dicke Menschen, dünne Menschen.... Einige bummelten gemütlich die Einkaufsstraße hinauf, andere saßen bei Kaffee und Kuchen auf dem Marktplatz und wieder andere hockten ausgelassen am Fuße des Brunnens.

Den Maximilianbrunnen kannte Ulm gut, hier war er schon einige male entlang geflogen und saß für eine kleine Pause auf dem Zepter der Statue. Er liebte die Brunnen der Stadt und so kam er auch öfter mit Alma her, am liebsten in einer lauen Sommernacht.

Sie flogen dann vom Gerberbrunnen hoch zum Maximilianbrunnen, weiter Richtung Zunftbrunnen, kurz am Kirchbrunnen vorbei, einen kleinen Abstecher zum Brunnen am Gartentor um dann hoch zum Lindenbrunnen, von dort aus wieder zurück zum Rathausbrunnen zu fliegen.

„So viele Brunnen gibt es hier?", fragte Caya erstaunt. Ulm lachte nur und sagte: „Komm' ich zeige dir meinen Lieblingsbrunnen".

Zusammen gingen sie hoch Richtung Marienkirche. Und Caya wollte schon schnurstracks Richtung Kirchbrunnen laufen. Doch Ulm zog sie leicht am rechten Ohr und führte sie so auf die andere Seite der Gasse. Und dann staunte Caya nicht schlecht! Sie hatte nicht gewusst, dass man an dem Brunnen die verschiedenen Zünfte betrachten konnte. Da waren Gerber, Schneider, Schuster, Kürschner..... „So ein schöner Brunnen!", bemerkte Caya. Sie war ganz hingerissen von diesem Brunnen und den Geschichten, die Ulm darüber zu berichten wusste!

Immer wenn sie in der Stadt war hatte sie es ziemlich eilig, da konnte man schon mal die Schönheiten der Stadt übersehen. Obwohl Caya eigentlich ja schon sehr aufmerksam durchs Leben lief und Augen für viele schöne Dinge hatte, die andere einfach übersahen.

„Nun zeige ich dir aber endlich *meine* Lieblingsstelle der Stadt", kicherte Caya und stopfte den etwas zu weit rausragenden Ulm wieder in ihren Kragen zurück.

„Ich kriege ja keine Luft", schimpfte Ulm und kam wieder ein bisschen weiter heraus.

Schließlich wollte er ja auch etwas sehen, denn bei Tageslicht gefiel ihm die Stadt fast noch besser als in der Nacht. Endlich blieb Caya stehen. „Schau mal", flüsterte sie. „Die engste Gasse der Welt", erklärte sie stolz. „Der ganzen Welt?", fragte Ulm? „Der ganzen Welt!", entgegnete Caya.

Und da gerade niemand zu sehen war, kam Ulm aus seinem Versteck gekrabbelt und flog in diese kleine enge Gasse! Wie lustig fand er es am helllichten Tage durch diese Gasse zu fliegen. Er drehte selig ein paar Loopings, flog zum Anfang der Gasse, um dann pfeilgerade auf die andere Seite zu gelangen und auch einen Sturzflug von oben, konnte der leicht übermütig gewordenen Kerl einfach nicht lassen.

Doch plötzlich hörte er Stimmen und sein Herz blieb beinahe stehen. Ein paar Touristen wollten sich durch die „Engste Gasse der Welt" drängen und der erste war schon mittendrin. Und noch viel schlimmer, einer der Touristen wartete auf der anderen Seite und wollte Fotos machen, wie seine Freunde sich durch eben diese Gasse quetschen würden. Nicht auszudenken, wenn man ihn später auf dem Foto bemerken würde!

Einen kleinen Moment war er starr vor Schreck, doch zum Glück sah er gerade eine kleine Spalte im Mauerwerk und flog so schnell er konnte hinein. Puh, gerade noch geschafft!

Nur ein Zipfel seines linken Flügels schaute heraus, doch es hatte ihn niemand entdeckt. Ein paar Minuten später konnte Ulm wieder aus seinem Versteck kommen und flog sofort wieder zu Caya um sich dort in ihrem Hemdkragen zu verstecken.

Nun wollte er aber dann doch aus der Stadt heraus und endlich zur Bärenhöhle, es waren ihm einfach zu viele Menschen hier. Doch plötzlich flatterte Fienle neben den beiden aufgeregt hin und her. Fienle berichtete mit piepsiger Stimme: Sofort solle Ulm zum Georgenberg kommen. Alle anderen waren schon da.

Ein paar junge *Schwälbler* hatten sich im Wald verirrt und nun wurde es ja bald dunkel. Mit ihren noch zarten Flügeln konnten sie wahrscheinlich nicht im Dunkeln fliegen, es braucht ein paar Jahre bis die Flügel der Kinder die ganze Kraft der Sonne in den Flügeln gespeichert haben.

Sofort machten sich die drei auf den Weg zum Georgenberg. Zum Glück kannte Fienle eine Abkürzung.

Alma flog aufgeregt hin und her. Sie hatte ein ganz schlechtes Gewissen, schließlich hatte sie die Geschichte von dem alten York erzählt, nur deswegen waren die Schwälbler überhaupt auf die Idee gekommen alleine auf dem Georgenberg umher zu fliegen.

Eigentlich wollte sie heute die Geschichte „Der Hirte und die Schafstrauben" erzählen, schließlich war der Hirte mit seinen Schafen auf dem Georgenberg entlang marschiert.

Irgendwann wollte Albi wissen, ob es auf dem Georgenberg auch einen Berggeist gäbe, so wie den *Malcha* auf der Achalm. Naja und so kam eins zum anderen und Alma berichtete von York und wie er auf den Georgenberg gekommen ist. Und natürlich auch von dem Wunschbaum, den York bewacht. Und kaum waren sie nach dem Essen aufgebrochen, stellte sie ziemlich schnell fest, dass zwei der Kinder fehlten. Natürlich suchten sie gleich überall. Sie waren ja noch unten bei den Treppen, gleich am Ende der Berggasse. Aber so sehr sie auch suchten, Albi und Fred waren einfach nicht aufzufinden. Sie riefen, sie lauschten, sie suchten, drehten jeden Stein um. Sie schauten hinter jedem Baum und unter jedem Pilz. Sie liefen die Treppe rauf und wieder hinunter.

Doch Albi und Fred waren einfach verschwunden. Langsam bekam es Alma mit der Angst zu tun und so schickte sie den kleinen Roel zurück auf die Achalm um Hilfe zu holen. „Hoffentlich sind sie nicht zum Katzensteg geflogen", dachte sich Alma. Oder noch schlimmer, zum Ochsenhorn.
Kurze Zeit später kamen Jockel und ein paar seiner Freunde und durchkämmten gemeinsam mit ein paar Bienen den gesamten Wald. Jedes Gebüsch wurde untersucht, jedes Gestrüpp beiseite geschoben, jedes noch so kleine Loch durchforstet. Doch auch sie konnten einfach nichts entdecken. Irgendwann kam dann auch endlich Ulm mit Caya. Fienle war sofort zu Ulm geflogen und hatte auch ihn um Hilfe gebeten. Und Caya kam natürlich mit.

Doch auch sie hatten irgendwie kein Glück und es wurde immer dunkler.

Da hörten sie plötzlich Cayas kleinen Hund Flocky. Irgendwie muss er sich von zu Hause rausgeschlichen haben und Caya gefolgt sein. So ein Schlitzohr!

Na jedenfalls stand der Ausreißer vor einem riesigen Baum, sprang aufgeregt an ihm hoch und bellte, was das Zeug hielt. Caya lief schnurstracks zu dem Baum, nahm Flocky schnell auf den Arm, denn sie befürchtete, dass der Hund einen Fuchs oder ähnliches gewittert hatte und schaute von oben in das kleine Loch am Baum.

Was sie da sah, konnte sie kaum glauben. Nicht einen kleinen Fuchs oder gar einen Dachs hatte Flocky aufgespürt, nein, Albi und Fred. Naja und York! Auch die anderen Schwälbler waren mittlerweile an dem riesigen Baum angekommen und lugten durch das kleine Loch.

Da saßen die zwei gemütlich in dem ausgehöhlten Baum, als wenn nichts geschehen wäre und lachten und kicherten vor sich hin. War es denn zu glauben? Jeder hatte ein Glas warme Orchideen-Milch in der Hand und auf dem Schoß die Reste von leckeren Sandwiches aus Enzianblättern und Sonnenröschenblüten.

Sie sahen sehr zufrieden aus. Eigentlich konnte man ihnen gar nicht böse sein.

Und so flog Alma sofort zu ihnen hin, drückte jedem einen dicken Schmatzer auf die Wange und war einfach nur froh, sie hier so gesund und munter anzutreffen. Nach dem sich nun alles aufgeklärt hatte, setzten sich

Jockel, Fienle und Ulm und tranken ebenfalls ein Glas Orchideen-Milch. Währenddessen erzählte Alma endlich die Geschichte von dem Hirten und seiner Prinzessin. Was für ein aufregender Tag.

Es war spät geworden und für einen Ausflug zur Bärenhöhle war es jetzt zu dunkel. So verschoben sie wieder einmal den Ausflug und flogen einfach zurück zu Ulms Mauseloch und ließen dort den Abend gemütlich ausklingen. Das nächste Mal wollten sie dann aber endlich die Bärenhöhle besuchen - aber das ist eine ganz andere Geschichte.

Die Schwälbler - Der Schatz der Achalm

Wusstest du, dass hier oben auf der Achalm Orchideen blühen? Oder der selten gewordene Enzian zu finden ist? Auch das Sonnenröschen oder der Wiesenklee wächst und gedeiht? Genauso wie die puschelige Flockenblume oder der hübsche Wiesenknopf?

Überall sind die lilafarbenen Köpfe der Silberdistel zu sehen - ein wahres Paradies für die vielen Insekten, die Bienen, die Erdhummel, den Sandlaufkäfer. Naja und weil es hier so viele Blumen gibt, gibt es so viele verschiedenen Insekten – und weil es die vielen verschiedenen Insekten gibt, gibt es die vielen Vögel. Stell dir vor, auf den Hängen der Achalm gibt es sogar mehrere Vertreter der Rotrückenwürger, den „Neuntöter", welche hübsch anzuschauen sind, in ihrer Art und Weise der Essenszubereitung jedoch manche Frage offenlassen.

Wen habe ich vergessen? Natürlich die vielen wunderschönen Schmetterlinge, die über den Hecken und Sträuchern hin und her flattern. Wer genau hinschaut, der kann auch riesengroße, grasgrüne und wirklich hübsche Heuschrecken entdecken!

Und eine eben solche hatte Caya gerade entdeckt. Caya wartete mal wieder auf Ulm.

Du fragst dich wer Ulm ist? Ulm ist ein kleiner *Schwälbler*, ein kleines freundliches Wesen, elfenartiger Natur, den Feen sehr ähnlich, mit den hiesigen Schmetterlingen verwandt.

Die *Schwälbler* wohnen in den Wäldern der Schwäbischen Alb – ein paar hausen am Mammutbaum in Sondelfingen, eine Handvoll bei den Uracher Wasserfällen, ein Bruder der Cousine mütterlicherseits treibt mit seiner Familie am Mädlesfelsen sein Unwesen und in der Nähe der Bärenhöhle wohnen auch ein paar. Ah, und am Georgenberg ist ein einzelner Einsiedler ansässig, von dem man sich wundersame Geschichten erzählt.

Der älteste unter ihnen lebt seit Anbeginn seiner Zeit unter einem Baum, in einem ausgehöhlten Wurzelwerk. Dieses Wurzelwerk mit seinen kleinen Höhlen unterwandert den halben Berg der Achalm und bietet vielen Insekten Unterschlupf. Eigentlich bekommen die Menschen die *Schwälbler* nicht zu Gesicht, doch Caya hatte den kleinen, frechen Ulm vor ein paar Jahren hier oben kennengelernt und da sie beide eine Leidenschaft für die Schwäbische Alb haben, freundeten sie sich sehr schnell an. Und ab und zu trafen sie sich, um gemeinsam die Schönheit der Schwäbischen Alb zu entdecken.

So waren sie zum Beispiel bei den Uracher Wasserfällen, erkundeten die Sehenswürdigkeiten der Stadt, wie zum Beispiel die Engste Gasse der Welt oder die vielen Stadtbrunnen.

Oder sie besuchten die angrenzenden Berge und Wälder. Natürlich waren sie auch schon bei dem uralten und wunderschönen Mammutbaum in Sondelfingen, schließlich wohnten da auch ein paar *Schwälbler,* um genauer zu sein ein Schwippcousin von Ulm.

Naja, und vor gar nicht allzu langer Zeit waren sie auf dem Georgenberg, wenn auch nicht ganz freiwillig, denn dort mussten sie nach den vermissten Jung-Schwälblern Albi und Fred suchen, aber das ist eine andere Geschichte.

Dieses Mal wollten sie zusammen in die Bärenhöhle. Das hatten sie schon ganz lang geplant, aber irgendwie kam immer irgendwas dazwischen.

Bald war der 22. Juli, der *Tag der Schwälbler*. Spätestens an diesem Tag trafen sich Ulm und Caya am Fuße der Achalm. Diesmal schafften sie es sogar schon vier Wochen vorher.

Und als Caya da so auf Ulm wartete, bewunderte sie die Artenvielfalt der Achalm und freute sich über den kleinen sportlichen Grashüpfer. Eine Weile schaute sie ihm beim Hüpfen zu, bis plötzlich Elfriede über ihr flatterte. Elfriede war ein kleiner brauner Schmetterling mit wunderhübschen Punkten auf den Flügeln und wusste immer etwas zu berichten.

Auch dieses Mal war sie ganz aufgeregt, flatterte hin und her und redete ohne Punkt und Komma. Sie berichtete, dass sie, obwohl sie doch so fleißig von Strauch zu Strauch und von Blume zu Blume flog, kaum Nahrung fand.

Da Elfriede immer etwas zum Übertreiben neigte, hörte Caya höflich zu, nickte ein paar Mal, ließ sich aber nicht weiter von dem Gesagten irritieren. Später verabschiedete sich Elfriede ungeduldig von dem Mädchen, schließlich habe sie ja noch so viel zu tun.

„Der Sommer war einfach zu heiß, die Blüten haben kaum Pollen und Nektar", sagte Elfriede noch und dann flatterte sie aufgeregt weiter.

Da Caya ihren Freund noch nicht entdecken konnte, legte sie sich in das grüne Gras und schloss für einen kurzen Moment die Augen. Ach, was war das für ein munteres Treiben. Sie hörte das Summen und Brummen der Bienen, die hier überall herum sausten und die Pollen einsammelten.

Also konnte es ja nicht so schlimm sein, was Elfriede erzählt hatte, schließlich sammelten die Bienen ja auch fleißig für ihren Honig. Fast drohte Caya einzuschlafen, doch dann war plötzlich die Sonne weg und ein kalter Schatten lag auf Ihrem Körper. Da Caya direkt in die Sonne blickte, als sie den Kopf hob, konnte sie vorerst nicht erkennen, wer ihr die wärmende Sonne stahl. Doch dann hörte sie ein leichtes Schmatzen direkt an ihrem Ohr und da wusste sie, wer da vor ihr stand.

Das kleine weiße Schaf „Schantall" hatte sich direkt an Cayas Kopf ein zartes grünes Pflänzchen zum Fressen auserkoren und ließ es sich nun laut schmatzend schmecken. Schantall meckerte ein wenig vor sich hin: „Mähhhhhh, das Gras ist dieses Jahr aber nicht so saftig wie sonst!".

Sie drehte ihren Kopf leicht zur Seite und zupfte an dem nächsten Stängel. „Mähhhhh, trocken! Holzig! Welk!", jammerte Schantall. Caya hob den Kopf und schaute sich Schantall genau an. Naja, so schlecht konnte das Gras ja nicht sein, Schantall war nicht gerade besonders schlank. Also lachte Caya kurz und zog das Schaf ein bisschen auf.

„Ihr habt hier oben das beste Gras von der Eselswiese bis zum Fliegenwald und du meckerst trotzdem!"
Doch Schantall erwiderte: „In diesem Jahr war es so heiß, da ist alles verdorrt". Schantall zog weiter und suchte nach schmackhaften Grashalmen. Caya schaute sich um. Sie sah die wunderschönen lilafarbenen Disteln, ein paar gelbe Sonnenröschen und auch Thymian, Salbei und Oregano konnte sie in ihrer direkten Nähe entdecken. Wahrscheinlich waren heute alle mit dem falschen Fuß aufgestanden und hatten einfach nur schlechte Laune.

Als dann eine Biene an Caya vorbei summte, sprach sie diese an. Denn wenn jemand Spezialist für die hiesigen Blumen und Kräuter ist, dann doch wohl die Bienen. Die Biene setzte sich für einen kurzen Moment auf Cayas Hand und beantwortete Cayas Fragen.
Traurig schlug die Biene ihre Lider nieder und bestätigte niedergeschlagen die Aussagen von Elfride dem Schmetterling und Schantall dem Schaf.
In diesem Jahr war es tatsächlich viel zu heiß gewesen und die Blumen und Blüten hatten viel weniger Blütensaft und Blütenpollen als es die Jahre davor der Fall gewesen war. Biggi war bedrückt und sehr entmutigt – in diesem Jahr könnten sie nur ein Drittel vom Honig aus dem letzten Jahr produzieren. Und das, obwohl sie doch so fleißig waren.
Der gute *Achalm-Honig* würde in diesem Jahr kaum auf den Tresen kommen, so wenig hatten sie „geerntet". Das stimmte Caya sehr traurig, sie liebte diese spezielle

Honig-Art und hatte stets ein Glas ergattern können. Hoffentlich gibt es überhaupt genügend Blumensamen in diesem Jahr, sonst sieht es schnell ganz traurig aus hier oben. Fast liefen Caya die Tränen hinunter.

Biggi flog schwermütig weiter und Caya hielt Ausschau nach Ulm. Und da sah sie ihren Freund auch endlich. Umringt von vier bunten, großflügeligen Schmetterlingen flog er gerade um eine Traube von Distelblumen umher, fast sah es so aus als würden sie die Distelkelche vermessen. Caya lachte.

Nur einen Augenblick später war Ulm schon in ihrer Nähe. Besonders fröhlich sah er nicht aus! Der sonst so lustige Ulm wirkte ein wenig niedergeschlagen, fast schon verzweifelt. Sein Gesichtsausdruck ließ nichts Gutes vermuten. Freute er sich etwa nicht auf den Ausflug zur Bärenhöhle? Nein, das konnte sie sich eigentlich nicht vorstellen.

Kaum war Ulm da, zeterte er los.... Er verkündete, dass sie heute leider nicht zur Bärenhöhle könnten, er müsse den Bienen helfen ihren Vorrat für den Winter anzulegen und später dann auch noch die Bestände der Samen kontrollieren. Und auch ein paar Samen verteilen. Ein bisschen enttäuscht war Caya ja schon – und auch ein bisschen traurig. Traurig weil es vielleicht im nächsten Jahr nicht so viele Blumen geben würde. Sie schilderte ihr Zusammentreffen mit Schmetterling Elfriede, Schaf Schantall und Biene Biggi. Alle hatten die Wahrheit gesagt. Wie traurig.

Caya schluckte ihren Unmut runter und entschloss sich zu helfen.

Darüber freute sich Ulm natürlich sehr. Sofort machten sie sich auf, um die anderen *Schwälbler* zu treffen.

Als sie ankamen, traute Caya kaum ihren Augen. Da standen hunderte von kleinen Walnussschalen auf der Wiese, alle gefüllt mit goldgelben Pollen. Nachdem Ulm ihr erklärte was sie damit vorhatten, war sie entsetzt. Es würde ewig dauern die ganzen Blüten damit zu bestäuben und auch die Vorräte der Bienen aufzufüllen.

Das dauerte ihr viel zu lange und die armen Schwälbler mussten die ganzen Nussschalen durch die Luft transportieren. Das war gar nicht so einfach und wie oft ging hierbei was verloren? Nein, da musste es doch eine andere Idee geben. Caya überlegte und grübelte, wägte ab und dachte scharf nach. Währenddessen sprach sie laut vor sich hin und ab und zu kicherte Ulm über ihre merkwürdigen Vorschläge. Doch dann hatte Caya eine Lösung. Ihr fiel ein, dass, wenn sie mit ihrem Hund draußen war, an seinem sonst so weißen Fell alles hängenblieb. Blütenkugeln, Samen, Kletten, einfach alles. Da könnte man doch den Spieß umdrehen.

Und noch eine Idee hatte Caya. Doch die verriet sie Ulm vorerst nicht. Ulm hatte ihr berichtet, dass die *Schwälbler* unter der Achalm einen kleinen Vorrat an verschiedenen Samen lagern würden. Ulm trieb zur Eile an und so brachen die zwei auf.

In das unterirdische Lager konnte Caya Ulm natürlich nicht folgen, sie war viel zu groß, so wartete sie geduldig vorn am Eingang.

Und als sie einen Moment später einen Blick in das Innere warf, musste sie erst einmal nach Luft schnappen.

Von wegen kleine Sammlung, da lagen riesige Samen-Berge. Alle schön sortiert nach Blumensorte und Jahr. Caya konnte es kaum glauben! Wow, welch' wertvoller Schatz hier unter der Erde zu finden war.

Und als Fienle aus dem Erdloch herausschwirrte, um sich auf den Weg zu machen, um Cayas Hund zu holen, da gab er ihr den Tipp, einfach mal durch das Loch oben an der Eiche zu schauen. Oder auch durch den Eingang am Mauseloch. Da dieses nur wenige Meter entfernt lag, ging Caya kurz hinüber. „Oh mein Gott!", rief Caya voller Erstaunen.

Was sie dort im tiefsten Inneren der Achalm sah, nahm ihr fast den Atem. So viele verschiedene Samen hatte sie ja noch nie gesehen. Sie konnte sich kaum satt sehen. Diese Samenberge waren noch viel größer als die Ersten.

Und als sie von oben durch das Baumloch sah, war sie noch mehr erstaunt. Lagen dort tatsächlich uralte Tongefäße? Die mussten doch steinalt sein. Und etwas weiter hinten, war das etwa alles Schmuck?

In dem Moment kam Fienle mit Flocky den Berg hochgerannt. Fienle lachte über das überraschte Gesicht von Caya. „Wusstest du das etwa nicht?", fragte Fienle. „Was genau? Dass die ganze Achalm unterhöhlt ist und ihr hier die Samen für die seltenen und vom Aussterben bedrohten Pflanzen lagert? Oder das hier unten ein kleiner Schatz liegt?", entgegnete Caya.

„Ach die paar alten Schüsseln und Töpfe", warf Fienle ein. „Naja, die paar alten Schüsseln trifft es wohl nicht so ganz", gab Ulm seinen Senf dazu, der gerade mit seiner Frau Alma aus der Höhle geflogen kam.

Alma berichtete, dass an vielen Stellen des Berges alte keltische Grabbeigaben zu finden wären. In den ersten Jahren nach der Jahrtausendwende fanden ein paar Archäologen sogar ein paar Fundstücke an einem Ausgrabungsort - gut, dass sie da nicht weitergegraben haben. Und zum Glück buddelten sie damals nur am Rappenplatz, ausgerechnet dort war ja am wenigsten aus den alten Zeiten zu finden. Nicht auszudenken, wenn sie den wahren Schatz gefunden hätten. Schließlich war das Gebiet um die Achalm schon zweitausend Jahre vor Chr. besiedelt und dementsprechend gab es hier so manches zu finden und die Schwälbler hatten über die Jahre einiges angesammelt.

Voller Stolz ergänzte Alma, dass zu dem Schatz auch ein paar Goldstücke und sogar wunderschöne wertvolle Schmuckstücke gehören würden. Auch Bernstein hatten sie gefunden. Ihr absoluter Lieblingsschatz sei allerdings ein Klappspiegel aus dem 13/14 Jahrhundert, der wohl einem der hier ansässigen Könige gehört hatte. Ihre Augen leuchteten voller Freude. Auch Ulm kam ins Schwärmen und setzte noch eins drauf. „In der Nähe meiner Behausung fand man sogar altes Flechtwerk, Nadeln, Spinnwirtel und Webgewichte!" Das ließ natürlich auch Cayas Textiler-Herz höher schlagen. „Also unterlag Reutlingen einer frühen

Kulturentwicklung und ihr habt in eurem Schatz einen Beweis für das frühe handwerkliche Geschick der Reutlinger", freute sich Caya. „Wird ja einen Grund geben, warum sich hier eine große Tradition des textilen Handwerkes breitgemacht hat.

Denk nur an die erste Webschule in Reutlingen, die bereits 1855 eingeweiht wurde. 1855!

Und die textilen Spuren sind überall in der Umgebung zu finden.

Sei es am Gerberbrunnen mitten in der Stadt, oder auch das bekannte Industriemagazin mit seiner einzigartigen Spezialsammlung einiger Gerätschaften aus der Geschichte des Textilen Maschinenbaus.

Auch der Flachsanbau hier im Ländle und sogar der gezielte Anbau von bestimmten Baumarten hatte ja seinen textilen Hintergrund, die ansässigen Gerber benötigten Eichen und Fichten als Gerbstoff! Schon damals halfen wir bei der nötigen Verbreitung der Samen. „Oder was meinst du, warum hier so schnell so viele der benötigten Bäume wuchsen?"

Die beiden kamen gar nicht aus dem Schwärmen wieder heraus. Naja, und die weitverbreitete Schafszucht hatte ja auch ihren textilen Hintergrund, wusste Caya. „Hallo Ihr zwei, wir wollten doch den Bienen helfen und die Samen verteilen!", unterbrach Alma.

„Ist ja schon gut, es kann sofort losgehen", gab Ulm forsch zurück. Caya schnappte sich ihren Hund und streute ein paar Samen auf sein Fell, bückte sich zu ihm hinunter und gab das Kommando: „Schüttel dich!" Und dann schüttelte sich der kleine weiße Hund mit seinem leicht gewellten Haar. Im hohen Bogen wurden die einzelnen Samen durch die Luft geschleudert und fanden ihren Weg mit Hilfe des Windes in Richtung der Blumen und Sträucher. War das lustig anzusehen! Allerdings sammelte der arme bei seinem ersten Versuch die meisten Samen mit seiner Zunge auf, diese hing ihm hechelnd aus der Schnauze und so blieben die Samen einfach daran hängen.

Die Zunge war rabenschwarz! Da prusteten alle lauthals los! Sogar Alma lachte, die ja heute ein wenig missgelaunt schien. Just in diesem Moment hörten sie das aufgeregte Gemäähe und Geblöööke der Schafe.

Über hundert Schafe kamen die Wiese heruntergerannt. Was für ein Anblick! Ein weißes, ein schwarzes, ein braunes und sogar ein geflecktes..... und sie alle umringten freudig Caya und Ulm. Schnell verteilten Ulm, Alma, Fienle und Caya die Samen auch auf den Schafen und dann ging es auch schon los.

Die Schafe verstreuten sich in alle Ecken und dann taten sie das, was zu tun war. Das war schon ein lustiger Anblick! Die einzelnen Schafe standen jeweils vor den Sträuchern oder Blumen, dann schüttelten sie sich kurz und die ganzen Samen aus ihrem Fell wurden hoch in die Luft geschleudert und fanden ihren Weg auf die Blumen und Sträucher. Was für eine lustige Idee! Und Spaß machte das Ganze auch noch! Hin und wieder schüttete Caya eine neue Ladung Samen über die einzelnen Schafe und dann ging der Spaß wieder von vorne los. Dieses wiederholte sich ein paar Mal und nachdem sie so in Windeseile alle Samen verteilt hatten, riefen sie Flocky und die Schafe zusammen und legten eine Pause ein.

Die *Schwälbler*-Kinder Albi und Fred kamen mit einem riesigen Beutel voller Proviant angeflogen. Nachdem sie ja neulich einfach aus dem Unterricht abgehauen waren und allein auf dem Georgenberg die Gegend unsicher gemacht hatten, war es ihre „Aufgabe" sich sieben Wochen um das Wohl der Gäste zu kümmern. Und die Schafe und Flocky samt Caya waren ja schließlich Gäste.

In dem Beutel war eine Flasche von dem besten Holunderblütensaft, ein Glas Achalm-Honig, ein grüner Blumenwiesen-Kuchen mit Gänseblümchen und gezupften Butterblumen - und natürlich Cayas Thymian-Brezeln mit Oregano und einem Hauch Salbei. Auf den goldgelben Pollenpuder aus frisch geernteten Orchideenstempeln verzichteten sie diesmal aus bekannten Gründen. Die „Apfel-Thymian-Pralinen mit flüssigem Pilzkern" hatten Albi und Fred leider schon heimlich auf dem Weg genascht. Wobei es „heimlich" nicht ganz trifft, die beiden hatten die Schokolade natürlich überall im Gesicht und Albi hing sogar noch ein Thymianblatt am Kinn. Aber die zwei Schurken taten natürlich so, als wäre nichts geschehen.

Caya legte sich mit ihrem Hund und den anwesenden *Schwälblern* gemütlich zwischen die Schafe und gemeinsam genossen sie ihr köstliches Mahl. Ach, wie war das schön hier in der Sonne auf der Achalm zu liegen und ins Tal hinab zu blicken.

Natürlich kam Ulm mal wieder ins Schwärmen. „Wir können schon a bissle stolz sein auf unser kleines Städtle", bemerkte Ulm. „Siehst du dort hinten?", fragte er voller Begeisterung. Er zeigt voller Inbrunst auf die ganzen Berge. „Der Georgenberg, dort der Schönberg.... da der Urselberg..... und da hinten der Geissberg.... der kleinere dort, das Rangenbergle.... und sieh mal da.... der Imenberg.....ist das nicht herrlich?", schwärmte Ulm. Caya schaute und staunte. „Wie heißt der?", fragte sie in eine Richtung zeigend. „Na, Kugelberg!", lachte Ulm und war erstaunt, dass Caya das nicht wusste.

Eine ganze Weile schauten sie noch in Tal hinab und erfreuten sich an der schönen Aussicht. „Warst du schon mal im Eisturm?", fragte Ulm. „Im was?", fragte Caya zurück. „Im Eisturm! Das ist ein ehemaliger Zwinger an der historischen Stadtmauer", erklärte Ulm seiner Freundin. Er erklärte weiter, dass es sich hier um einen früheren Wehrturm der Stadt handelte und dieser unterirdisch mit weiteren Wehrtürmen verbunden wäre. Eigentlich diente dieser Gang zur schnelleren Fortbewegung von Turm zu Turm, wenn der Wachhabende den Ort zu wechseln hatte. Was niemand wusste, dass auch die Schwälbler hier teilweise hausten. Ulm lachte und kicherte schelmisch.

Als Jung-Schwälbler hatten sie es sich immer zum Spaß gemacht kleine Löcher in den Boden zu buddeln, damit die Wachposten im Dunkeln beim Durchqueren des Ganges immer mal auf die Nase fielen.

Oder sie flogen nah an die Fackel und pusteten diese einfach aus, so dass der arme Offizier im Dunkeln stand. Ulm krümmte sich vor Lachen.

Naja, und ab und zu gaben sie schrecklich angsteinflößende Geräusche von sich, berichtete er weiter unter Glucks- und Prustgeräuschen und mit mittlerweile hochrotem Kopf. In den Gängen hallte es ja so schön, da bekam es sogar der Stärkste und Größte mit der Angst zu tun. Ulm hielt sich den Bauch.

„Einmal hatte sich der Oberste sogar fast vor Angst in die Hose gemacht", ergänzte Ulm voller Stolz. Caya war doch ein wenig fassungslos. Sie kannte Ulm stets als sehr vernünftigen, immer hilfsbereiten und mehr als regeltreuen *Schwälbler*. Aber nun wunderte sie natürlich gar nichts mehr. Jetzt dämmerte es ihr, woher Albi und Fred diese Flausen hatten. „Und später, als man die Türme dann nicht mehr als Wehrtürme verwendete?", erkundigte sich Caya neugierig. „Dann sind wir darin Schlittschuh gelaufen", erwiderte Ulm mit einem Lächeln im Gesicht. Das schien mindestens genauso lustig gewesen zu sein, den Ulm prustete erneut los. Scheinbar hatten die Reutlinger aus dem Turm tatsächlich einen „Eisturm" gemacht und er wurde als städtischer Eiskeller genutzt. Und des Nachts vergnügten sich ein Dutzend *Schwälbler* mit ihren Schlittschuhen darin. Ulm erinnerte sich nur zu gern an die wilden Partys und lachte abermals. „Was du alles weißt", bemerkte Caya. „Aber ich weiß auch etwas, was du vielleicht nicht weißt", forderte sie Ulm heraus.

Da wurde er schon etwas neugierig was das sein könnte. Schließlich kannte er seine Stadt fast in und auswendig.

„Ich stand gestern mitten im alten Rathaus von Reutlingen", flüsterte Caya verheißungsvoll. Ulm wusste natürlich gleich was Caya damit meinte und sagte erhobenen Kopfes: „Wenn wir damals nicht gewesen wären, dann wäre wahrscheinlich noch viel Schlimmeres passiert!". „Bei dem Stadtbrand im Jahr 1726 war nicht nur das damalige Rathaus abgebrannt, vier Fünftel der Stadthäuser waren dem Brand zum Opfer gefallen, tausendzweihundert Familien wurden damals auf einen Schlag obdachlos", berichtete Ulm traurig. „Und was hatten die *Schwälbler* damit zu tun?", fragte Caya mit belegter Stimme.

„Na, wenn wir nicht geholfen hätten den Brand zu löschen, vielleicht hätte es dann die ganze Stadt erwischt, wir haben damals stundenlang Wasser in die Brandherde gegeben", antwortete er nachdenklich. Das Rathaus konnten sie leider nicht retten.

Es stellte sich heraus, dass das Rathaus an anderer Stelle wieder aufgebaut wurde, der Umriss aber noch heute auf dem Marktplatz zu sehen war. Wer genau hinschaute, konnte das alte Rathaus auf dem Kopfsteinpflaster vor dem Maximilianbrunnen gut erkennen. Beide seufzten einmal laut. Melancholisch blickten sie in die Ferne. „Gut, dass HAP sich erst im neuen Rathaus künstlerisch betätigt hatte", murmelte Ulm.

Scheinbar kannte Ulm HAP Grieshaber persönlich,

jedenfalls schwärmte er in den höchsten Tönen von ihm.

„Ja, HAP hat einen bleibenden Eindruck in Reutlingen hinterlassen, nicht nur wegen dem Sturmbock, der die Reutlinger Stadtgeschichte in geschnitzter Form erzählt; der im Übrigen noch heute im Rathaus zu finden ist." philosophierte Ulm.

Caya erinnerte sich, dass Ulm erzählt hatte, dass man seinen Freund wohl hier an der Achalm begraben hatte. Leise ergänzte Ulm: „Obwohl es in Wirklichkeit ja nur der Stein ist, trotzdem schön eine Erinnerung zu haben". Und dann sprach er lächelnd von der Zeit, wo er mit ein paar Freunden *seinem* Freund HAP geholfen hatte an der Achalm ein kleines Häuschen zu bauen. Jeden Tag legten sie ein paar Steine aufeinander, so lange, bis irgendwann ein kleines schnuckeliges Häuschen entstand. Dort lebte er bis zu seinem Tod mit einem Esel, einem Hängebauchschwein und einem Affen. Nicht zu vergessen der lustige Pfau, ein Island-Pony oder sein Chow-Chow Chéri. Auch zwei Englische Bulldoggen hausten dort. Die Tiere standen HAP laut Ulm sogar manchmal Modell für seine Schnitzereien. „Ja, auch er hat Reutlingen sehr geprägt!", rundete Caya das Gesagte ab. „Der König der Achalm", ergänzte Ulm liebevoll. „Ich habe sogar noch ein paar Holzschnitte von ihm, die er extra für mich geschnitzt hat. Auf einem ist meine ganze Familie zu sehen", erinnerte sich Ulm voller Stolz. „Ja, Reutlingen hat schon ein paar interessante Geschichten zu erzählen und hier oben bei Euch sind sie alle gut aufgehoben und geraten nicht in Vergessenheit", lobte Caya ihren kleinen Freund. „Vielleicht ist das sogar der größte Schatz der Schwälbler!", stellte Caya fest. Beide seufzten.

Langsam ging die Sonne unter. Mal wieder war ein Tag vorbei. Die anderen waren schon längst weitergezogen. Sie blieben sitzen. Als sie sich irgendwann an dem schönen Sonnenuntergang sattgesehen hatten, bemerkten sie, dass es einmal mehr zu spät für einen Ausflug zur Bärenhöhle war. Es war ja schon dunkel.
Aber sie würden sich ja zum Glück bald wiedersehen. Ulm hatte ihr versprochen, die Geschichte über den Wunschbaum zu erzählen und dann würden sie sich auch gleich auf den Weg zur Bärenhöhle machen. Das nächste Mal würde es bestimmt klappen!
Sie saßen noch ein halbes Stündchen schweigend nebeneinander und genossen die Ruhe und Stille des Berges.

Die Schwälbler - Ein Harznok auf Reisen

Wurpik durchquerte an einem wunderschönen Frühlingstag die grünen Wälder rund um den Spiegelbach. Letzte Woche hatte er hier Pustel-Zwerg-Wildschwein Wanka getroffen und er wollte einfach noch einmal nach ihr schauen.

Das kleine Wildschwein hatte sich den Fuß verknackst und vielleicht brauchte sie ja etwas. Willy, Wesna und Wendolyn, aus der Familie der Bartschweine hatten Wurpik um Hilfe gebeten, natürlich half er gern. Und gerade als er am Ufer des Spiegelbaches umherflog, um Wankas Fährte zu suchen, erblickte er ein Menschlein.

Es war eher ungewöhnlich, zu dieser Zeit auf Menschen zu stoßen, und so wunderte er sich schon ein kleines bisschen, flog aber etwas näher heran. Dieses Menschenkind hatte Wurpik schon einmal gesehen und er fragte sich, was dieses mittlerweile leicht ergraute Wesen hier machte. Wurpik war ein kleiner *Harznok* und hauste mit den anderen seiner Art in den tiefsten Wäldern des Harzes.

Du hast noch nie von den *Harznoks* gehört? Na dann pass mal auf.

Die *Harznoks* ähneln den hiesigen Füchsen, allerdings sind diese schwarz und nicht mal eine Handbreit groß. Am Rücken haben die lustigen Gestalten feine schimmernde dunkelblau-glänzende Flügel, elfenähnlich und schmetterlingshaft wirken die winzigen Wesen.

Die Hinterteile der *Harznoks* sind mit feinem Flaum überzogen, sind samtig weich und können neongrün leuchten. Mit ihren zartgliedrigen Flügeln können sie flattern wie Fledermäuse in der Dämmerung.

Am Tag sitzen die *Harznoks* in den Wipfeln der hochgewachsenen Fichten und schauen von oben auf die Berge, Täler und Flüsse.

Von dort aus regeln sie das Zusammenleben der Tiere und sind das Bindeglied zwischen den Tieren aus der alten und der neuen Zeit.

Am Abend, kurz bevor der Mond sein weiches Licht über die Wiesen und Täler gleiten lässt, fliegen die lustig wirkenden Gestalten durch die Lüfte und beobachten die vielen Rehe, Füchse, Wildschweine und Luchse. Aber sie sind nicht nur für die großen Tiere da, auch den kleinen Insekten, Käfern und Würmern schenken sie ihre Aufmerksamkeit.

Und nun saß dieses Menschenkind am Ufer des Baches, die Füße hielt es in das kalte Wasser und es schien darüber überaus glücklich zu sein, dass es hier ist.

Wurpik beobachtete sie noch eine ganze Weile. Groß war sie geworden. Das Gesicht war immer noch freundlich, hatte aber mittlerweile ein paar kleine Falten um Augen und Mund. Naja, und sie war eben grau! Nicht grau grau, aber grau! Sonst hatte sie sich kaum verändert!

Schon als kleines Mädchen hatte sie Wurpik erspäht, als sie fröhlich und ausgelassen durch den Wald lief, meist barfuß. Sie schien keine Angst zu haben!

Obwohl sie damals noch sehr klein war. Sie erfreute sich einfach an der Schönheit der Natur und an den herrlichen grünen Wiesen und Bäumen.

Als erstes hatte er sie am Pavillon oben über der Friedhofswiese gesehen. Damals war sie mit einem anderen Mädchen auf die Wiese gelaufen, beide hatten einen kleinen Eimer in der Hand, und sie gingen zu den dort grasenden Kühen auf der Weide. Wunderschönes Harzer Höhen-Vieh weidete hier oben. Davon gibt es nicht mehr so viele, aber hier grasten sie ganz friedlich am Hang. Scheinbar wollten die zwei Mädchen Butter machen! Man stelle sich das mal vor. Butter machen, mitten auf der Wiese. Was für eine lustige Vorstellung. Was hatte Wurpik über die Unbeholfenheit der Mädchen gelacht. Die eine Kuh lief immer weg, sobald sie in die Nähe kamen, die andere war gar keine Kuh, sondern ein Bulle und die dritte Kuh schlug ständig mit dem Schwanz nach ihnen, als wären sie kleine lästige Fliegen. Schon damals hatte er Caya ins Herz geschlossen. Meist war sie fröhlich, oft sang sie und niemals sah er sie traurig oder gar garstig.

Über die Jahre hinweg sah er sie immer wieder in der Nähe der Harzer Bergstädte. Mal ging sie mit ihrer Familie im Rabental spazieren, mal traf er sie mit dem Rad am Adlersberg. Ein paar Tage später sah er sie an der Luchsklippe. Und an einem wunderschönen Sommertag traf er sie sogar ganz oben auf dem Brocken – damals war sie mit ihrer Familie über die riesig großen Steine talwärts Richtung Schierke geklettert. Welch' ein schöner Anblick! Auch Wurpik verbrachte dort gerne Zeit, schließlich war es hier besonders schön und er kannte keinen herrlicheren Platz auf der ganzen Welt. Märchenhaft idyllisch und fast schon ein bisschen wie in einer anderen Zeit. Kein Wunder kamen hier immer wieder Menschen, um dieses wunderschöne Fleckchen Erde zu sehen. Am liebsten fuhr Wurpik mit der Schmalspurbahn nach oben. Er saß dann oben auf der Dampflock und die Bahn schlängelte sich kurvig um den Brocken herum. Was für eine Aussicht!

Allerdings war Wurpik hinterher kohlrabenschwarz von dem ganzen Ruß der Lok! Und Caya hatte ihn erst gar nicht erkannt, so pechschwarz war er.

An diesem Tag hatte Caya oben auf dem Brocken übernachtet.

Ihr könnt Euch nicht vorstellen, was für ein toller Sonnenuntergang hier den Tag verabschiedet. Die Nacht auf dem Brocken war atemberaubend. Still! Einzigartig! Unvergesslich! Und der Sonnenaufgang war ebenso wunderschön und einfach zauberhaft. Dort oben kann man einfach alles vergessen!

Darüber hatte sie sogar damals ein Gedicht geschrieben.

Caya nahm langsam ihre Füße aus dem Wasser, stellte ihre nackigen Füße in das hohe Gras und rief nach ihrem Hund. Sofort kam er angerannt. Flocky war ein kleines langhaariges Hundemännchen mit leichten gedrehten weißen Locken und ständig wedelndem Schwanz. Auch er schien freundlich zu sein! Die beiden passten irgendwie zusammen. Nachdem sie das kühle Bergwasser von sich geschüttelt hatten, legten sie sich ins Gras und schauten eine Weile einfach in den

Himmel. Irgendwann schienen die zwei eingenickt zu sein und Wurpik traute sich noch ein bisschen näher an die beiden heran. Er setzte sich auf einen ausladenden langen Fichtenarm und betrachtete Caya. Kein Zweifel, es war das kleine Mädchen von damals, welches er in sein Herz geschlossen hatte. Gerade als er überlegte, ob er sie nicht einfach ansprechen sollte, schnappte ihre Hand nach ihm und hielt ihn fest umschlossen zwischen Zeige-und Ringfinger und Daumen. Nur sein kleines Köpfchen lugte aus der geballten Faust. Wurpik bekam einen riesen Schreck. Er schnappte nach Luft.

„Hab ich dich, du kleiner Schelm!", sagte Caya mit fester Stimme. „Meinst du wirklich, ich habe dich nicht gesehen?", lachte sie frech und schaute Wurpik tief in die Augen. Der kleine Harznok war noch etwas in Schockstarre und erst mal sprachlos. „Kennst du mich noch?", fragte Wurpik als er sich dann endlich gefangen hatte. „Wie könnte ich dich je vergessen?", entgegnete Caya. Und da war sie wieder diese alte Vertrautheit.

Caya ließ den kleinen Wurpik frei und dieser setze sich auf ihre flache Hand. Dann sprudelten sie los. Sie erzählten von früher, von ihren zufälligen Begegnungen – und sie erinnerten sich an ihr letztes Treffen. Es war im Sommer vor über fünfundzwanzig Jahren. Ja, so lange hatten sie sich nicht mehr gesehen. Damals war Caya an einem lauen Sommerabend in den Wald gekommen und hatte sich verabschiedet. Sie müsse in die große weite Welt ziehen, aber sie käme wieder! Ganz bestimmt sogar! Doch irgendwie hatten sie sich dann aus den Augen verloren.

Natürlich kam Caya immer mal wieder zu Besuch, aber irgendwie ergab es sich nicht, dass sie sich trafen. Doch nun war es endlich so weit. Sie erzählten noch eine ganze Weile, bis es dunkel wurde und Caya nach Hause musste. Zum Abschied versprach Caya, dass sie wiederkommen würde. Ganz bestimmt! Dann drehte sie sich um und ging. Beide sahen sich nochmal kurz um, lächelten sich zu und dann verschwand sie im tiefen Dickicht des Waldes.

Wurpik überlegte nicht lang und flog einfach hinterher. Er versteckte sich immer wieder hinter einem Baum, so dass Caya ihn nicht sehen konnte. Und als sie gerade ihren Schnürsenkel neu schnürte, weil sie unachtsam auf eine Wurzel getreten war, dabei aus dem Schuh herausschlupfte und sich nun hunderte von Fichtennadeln in ihrem Schuh befanden, verschwand er ganz schnell in ihrer Jackentasche.

Und so kam es, dass Wurpik mit ins Dorf genommen wurde, ohne dass Caya davon wusste. Naja, und es kam, wie es kommen musste.... Caya war nicht nur auf dem Weg in ihr kleines Heimatdorf. Nein, sie wollte zurück in ihre neue Heimat, doch das konnte Wurpik ja nicht ahnen. Irgendwie dachte er, dass sie am nächsten Tag bestimmt wieder in den Wald gehen würde und dann könnte er ja aus der Jacke wieder herauskrabbeln. Allerdings ging Caya nicht in den Wald sondern auf den Bahnhof. Sie stieg ein, winkte ihrer Familie und dann setzte sich der Zug in Bewegung. Doch dann war es schon zu spät. Als Wurpik gerade aus der Jackentasche krabbeln wollte, bemerkte er, dass sich ganz viele Menschen in direkter Nähe aufhielten.

Er konnte ja nicht riskieren, dass man ihn sah. Nicht auszudenken, was das für einen Aufruhr geben würde. Also verhielt er sich ganz still. Und er wartete auf eine Gelegenheit, bei der er verschwinden konnte. Durch das gleichmäßige Geratter des Zuges war Wurpik irgendwann eingedöst und verschlief den Rest der Zugfahrt. Als er wieder aufwachte, war Caya schon längst aus dem Zug und in ihr Auto gestiegen. Immer dabei, der kleine Ausreißer in seinem Versteck. Irgendwann lugte er behutsam aus der Tasche, kontrollierte, dass ja niemand anderes in der Nähe war. Dann flatterte er schnell zu Caya hinauf und setzte sich auf ihre Schulter. Caya erschreckte sich schon ein bisschen, als sie den kleinen Wurpik da vor ihrem Gesicht herumflattern sah. „Was um alles in der Welt machst du hier?", fragte sie ihn. Und Wurpik erklärte, wie er hierhergekommen war.

Natürlich freute sich Caya, auch wenn sie ein paar Bedenken hatte. Wie stellte er sich das nur vor?

Nachdem es ja nun nicht mehr zu ändern war, wollten die zwei das Beste aus der Situation machen und die gemeinsame Zeit genießen. In einer Woche wollte Caya eh noch einmal zurückfahren, dann würde sie ihn einfach wieder mitnehmen. So kam es, dass die beiden Freunde, oder besser die drei Freunde - denn schließlich war Flocky ja auch noch da -zusammen im Schwabenländle landeten. Und sie beschlossen, die Schwäbische Alb zu erkunden.

Am nächsten Morgen schnappte sich Caya den noch verschlafenen *Harznok* und fuhr mit ihm hoch zu ihrem Lieblingsplatz.

Sie war froh, dass sie ihrem alten Freund nun ihre neue Heimat zeigen konnte. Stolz stand Caya oben an der Achalm und zeigte Wurpik von dort wo sie sich niedergelassen hatte. „Schau mal, dort hinten, da wohne ich", erklärte sie dem interessierten Harznok. Die vielen kleinen Berge im Hintergrund imponierten Wurpik, erinnerten sie ihn doch ein bisschen an die Sicht auf das Harzer-Vorland! „Wahrscheinlich habe ich mich auch deshalb hier sofort wie zu Hause gefühlt!", erinnerte sich Caya und lächelte. „Ja, hier oben ist es wirklich schön", entgegnete Wurpik. Sie zeigte Richtung Pomologie und erklärte, dass es dort vor Jahren eine Bundesgartenschau gegeben habe. Sie verwies auch auf den Apothekergarten und meinte, dass dieser noch heute interessant wäre. Ganz begeistert schien sie von der Pomologie zu sein. Sie berichtete von den Konzerten im Rosengarten, und dass sie manchmal zum Entspannen zum Tai-Chi dorthin gehen würde. Ganz angetan war sie auch von dem kleinen Exotarium mit allerhand Reptilien, Insekten und sogar einer Sumpfschildkröte, da kreucht und fleucht es im ganzen Häusle. Wer mag, kann auch einen Sumpfbiber bestaunen, oder den Affen bei Spielen zuschauen. Ein kleiner „Mini-Zoo" mitten in der Stadt.

„Siehst du dort die Spitze der Marienkirche?", fragte Caya. „Wenn du genau hinschaust, kannst du sogar den goldenen Engel auf der Spitze sehen", fügte sie an. „Ein Stück weiter runter befindet sich das „Spendhaus". Sie berichtete, dass sich dort früher ein städtisches Speichergebäude für die Spendenpflege befand.

Eine Art Unterstützungskasse für in Not geratene Bürger. „Später war dort die Webschule errichtet worden", eine der ersten Ausbildungsmöglichkeiten in dieser Zeit, in der auch Frauen ausgebildet wurden", erklärte Caya weiter.

Dann verwies sie in eine ganz andere Richtung und bat Wurpik mitzukommen. „Genug gefaulenzt", rief sie ihm zu und lief einfach los. Das „Königssträßle" hinunter, um dann Richtung Wald zu laufen. Wurpik kam kaum hinterher, doch irgendwann holte er Caya wieder ein. Er fragte sich schon, was sie nun schon wieder vorhatte. Dann blieb sie ruckartig stehen. Wurpik flog erst einmal in sie rein und schimpfte ein wenig mit ihr. Doch dann erkannte er, warum sie stehengeblieben war und schaute nach oben.

Ein riesiger Baum. Selbst drei Männer hätten ihn zusammen nicht umfassen können. Ein Mammutbaum, wie sich herausstellte. So einen großen und vor allem dicken Baum hatte Wurpik noch nie gesehen! Im Harz gab es ja meist Fichten, die waren auch groß. Aber so groß? Sofort kletterte er hinauf bis in die Krone.

Und dann sah er nach unten! Atemberaubend! Fast wie im Harz! Nun verstand Wurpik warum Caya immer wieder hier her kam! Auch hier waren die Flüsse und Bäche von großen grünen Fichten umgeben. Der Wald war wunderschön und hatte alles was ein Wald so braucht. Der Hund bellte unten am Baum und es war klar, dass Caya weiter wollte. Wurpik wollte gerade herunterklettern, nahm den nächsten Ast, schob das Grün beiseite und dann sah er sie.

Ein zartes Wesen, feingliedriger Natur, fast schon elfenartig, aber irgendwie auch wie eine wunderschöne Fee. Oder doch wie ein Schmetterling? Jedenfalls märchenhaft! Zauberhaft! Einzigartig! Ganz fasziniert und völlig sprachlos stand Wurpik auf dem knochigen alten Ast und schien festgefroren zu sein. So ein schönes Wesen hatte er noch nie gesehen. Wurpik verliebte sich sofort in diesen kleinen Schwälbler! Oder besser in dieses anmutige *Schwälbler*-Mädchen.

Und dann setzte sich Alba auf ein Blatt und segelte einfach auf diesem nach unten. Wurpik schaute ihr nach und nachdem er sah, wie viel Spaß sie dabei zu haben schien, tat er es ihr gleich, setzte sich ebenfalls auf ein Blatt und segelte nach unten.

Ach, war das lustig! Dass er darauf nicht viel eher gekommen war. Allerdings war er etwas schwerer als die leichtfüßige Alba und so kam das Blatt aus dem Gleichgewicht, kam ins Straucheln und kippte wie eine „Scheibe Marmeladenbrot" zur Seite und platsch, kam er auf dem Boden ziemlich unsanft auf. Doch mit seiner „rosa Brille" bemerkte er den Aufprall kaum. Zum Glück!

Caya kicherte. Nachdem sich alle gefangen hatten, sprudelte es aus Alba heraus. Alba war ein kleines Schwälbler-Mädchen. Ulm hatte sie geschickt, sie wollten doch heute einen Ausflug zur Bärenhöhle machen.

Da Wurpik mitkommen sollte und dieser sich nicht von Alba trennen wollte, mussten sie das abermals verschieben. Alba fühlte sich in Höhlen nicht sonderlich wohl und so beschlossen sie kurzerhand von hier aus in den Wasenwald zu gehen. Caya hatte Wurpik erzählt, dass es dort ein bisschen wie in den Harzer Wäldern sei, denn dort gibt es Rehe und Hirsche. So kam es, dass sich die vier Freunde auf den Weg in den Wasenwald machten. Doch irgendwie schienen sie auf dem Weg dorthin falsch abgebogen zu sein, plötzlich standen Alpakas vor ihnen. Huch! Viele Alpakas! Weiße, braune, gefleckte, schwarze! Wo waren sie denn hier gelandet? Ulm, der sofort auf eines der Alpakas gesprungen war, lachte herzhaft. „Wir sind hier auf dem Gaisbühlhof. Ich dachte, wenn wir schon hier sind, zeige ich euch mal unsere Stadt von einer ganz anderen Seite. Weiter führte er an: „Hier gibt es

Esel, Enten, Ziegen, ein Schaf und sogar Lamas findet man hier. Und das mitten in Reutlingen! Und das schon seit über hundert Jahren! Ins Leben gerufen hatte das Ganze Gustav Werner." „Natürlich nicht er alleine", ergänzte Alba. Weiter wusste sie, dass Nane Merck eine treibende Kraft war und es sicher nicht das wäre, was es ist, wenn sie nicht gewesen wäre. Schließlich waren es überwiegend Frauen, die sich in diesen Zeiten beherzt einem solchen Thema annahmen und den Kampf gegen Armut und Elend aufgenommen hatten, Nane Merck war eine dieser anpackenden Frauen.

Caya nahm die Zügel des Alpakas und führte sie aus dem Gaisbühlhof Richtung Markwasen. Der war ja gleich nebenan. Hier ging auch Caya ab und zu mal laufen. Herrlich einen solchen Park unweit von der Stadt zu haben. Innerhalb weniger Minuten waren sie vor dem Wild-Gehege, Caya hatte nicht zu viel versprochen. Da standen unzählige Rehe und Hirsche. „Fast wie zu Hause", bemerkte Wurpik. Nachdem sie eine Weile den Tieren beim Fressen zugeschaut hatten, brachten sie das Alpaka zurück auf den Gaisbühlhof, um sich dann wieder auf den Weg Richtung Achalm zu machen. Doch auf dem Weg dorthin bückte sich Caya und pflückte ein kleines Gänseblümchen. Dieses gab sie Alba. „ Du brauchst das Gänseblümchen nicht zu fragen, er liebt dich". Alba kicherte und wurde rot im Gesicht. „Und ich ihn", hauchte sie leise. Caya musste schmunzeln. Sie freute sich für die beiden.

Ulm machte sich ein bisschen über Alba lustig, die jetzt das Gänseblümchen in ihrem Haar trug. Einen Moment später waren sie wieder auf der Achalm angekommen und stärkten sich erst einmal. Es gab Sonnenröschen-Auflauf mit frittierten Distelhalmen und Flockenblumensalat mit gerösteten Apfelkernen, angemacht mit Achalm-Honig und Holunderblütendressing, dazu gefüllte Himbeerblätter, viel besser als dieses neumodische Sushi-zeugs – ein Gedicht! Als Nachtisch eine ganze Schüssel voll lilafarbener Wackelpudding aus Blüten der Glockenblume, mit Gänseblümchen versetzt. „Er liebt dich, er liebt dich nicht", kicherte Caya vor sich hin und fing sich einen bitterbösen Blick von Alba ein.

Satt und glücklich ließen sie sich einfach ins Gras fallen und schmiedeten Pläne. Pläne für die Zukunft und Pläne für die anstehenden Tage. Natürlich wollten sie auch in die Bärenhöhle, allerdings ohne Alma, die sich ja im Dunkeln fürchtete. Allerdings versprach Wurpik, dass er Alba mit in seine Heimat nehmen würde, damit sie sehen könne, wie schön es auch dort sei. Aber das ist eine ganz andere Geschichte.

Die Schwälbler - Albi und der Wunschbaum

Natürlich hatte Caya ganz genau zugehört, doch irgendwie hatte sie es dann doch wieder vergessen. Es war ja auch so viel passiert. Erst waren die Schwälbler-Kinder Albi und Fred auf dem Georgenberg verschwunden, dann traf sie bei einem Kurzbesuch im Harz auf ihren alten Freund Wurpik, der sich dann wiederum in Cayas Jacke geschmuggelt hatte und plötzlich im Schwabenländle gelandet war. Nun ja, und dann sind die beiden natürlich auf Entdeckungstour gegangen und Caya hat dem kleinen *Harznok* die Schwäbische Alb gezeigt. Wie es der Zufall so wollte, trafen sie dann noch auf Alba, das Schwälbler-Mädchen und Wurpik hatte sich gleich unsterblich in sie verliebt. Du siehst, es war einfach keine Zeit auch nur im entferntesten Sinne daran zu denken.

Aber jetzt, jetzt fiel es ihr wieder ein. Doch ganz genau konnte sie sich nicht mehr erinnern. Zum Glück würde sie sich gleich mit Ulm treffen, der würde ihr schon erklären, was es mit dem Wunschbaum auf sich hatte.

Wie immer trafen sich die beiden Freunde oben auf der Achalm. Von dort aus gingen sie auf Entdeckungsreise. Diesmal hatten sie sich allerdings auf „der anderen Seite" verabredet. Caya wollte sich gern den Tunnel von der Eninger Seite anschauen, und so trafen sie sich heute am HAP-Grieshaber Haus. Da sich Caya vorher mit einer Freundin im Stadtpark getroffen hatte, nahm sie den Weg mit den 400 Stufen.

Zum Glück führen ja mehrere Wege zur Achalm hinauf. Ulm hatte ihr bei ihrem letzten Treffen von dem ehemaligen Stadtgraben erzählt und nun wollte sie sich vor Ort ein Bild machen. Auf dem Weg dorthin kam sie am oberen Teil der Gartenstraße vorbei. Und tatsächlich, auch heute noch war dieser Abschnitt prächtig anzuschauen. Man musste nur genau hinschauen. Sie konnte sich gut vorstellen, dass hier einst die Büschlesbahn fuhr. Einen kleinen Augenblick machte sie die Augen zu und konnte förmlich den Rauch der Bahn riechen, diese wurde den Erzählungen nach mit Büschele befeuert und so hatte Caya kurz den Geruch von brennendem Holz in der Nase. Dann „sah" sie den ehemaligen Gänseweiher direkt beim Hermann-Kurz-Denkmal. Auch er wurde aus dem Stadtgraben gespeist, bis dann alles zugeschüttet wurde und diese prächtige Allee, die Planie entstand. Und weißt du warum die Planie, Planie heißt? Na, weil hier alles planiert wurde! Kein Witz! Der Stadtgraben wurde zugeschüttet und planiert.

Und dann fuhren die Reichen und Schönen mit ihren Pferdekutschen hin und her. Was für ein Bild! Schade eigentlich, dass sich hier so viel verändert hat.

Ulm berichtete damals, dass die *Schwälbler* zu dieser Zeit in kleinen Gondeln aus Walnussschalen auf dem Stadtgraben umhergefahren sind. Ulms Vater, nach dem im Übrigen sein Sohn Albi benannt wurde, sang seiner Frau Alma die allerschönsten Lieder und stocherte mit einem Ast aus einer Platane. Die wuchsen damals überall an den Alleen in Reutlingen und er hatte einen besonders schönen Ast mit Schnitzereien verziert. Sogar das Wappen der *Schwälbler* hatte Ulm eingeritzt und das ist gar nicht so einfach, schließlich ist dort die Achalm mit abgebildet.

Nun kam er also zum Einsatz und man kam sich ein bisschen vor wie in Venedig. Später wurden dann auf der Wiese bei dem Denkmal von Kaiser Wilhelm dem I. pompöse Picknicks veranstaltet. Was es da alles zu essen gab, fast schon königlich, wusste Ulm. Kandierte Rosenblüten, Glückskekse aus getrockneten Vierblättrigen Kleeblättern, Veilcheneis mit gerösteten Walnüssen, wilde Pusteblumensamen mit Schaum aus frisch geschlagener Wegwarte, natürlich in blau. Dazu Kaffee aus gerösteten Kastanien mit Achalm-Honig und Milch von der Gänsedistel, direkt vom hiesigen Gänseweiher. „Einfach lecker", seufzte Ulm. Die Schwälbler wussten halt schon damals, wie man schlemmt und genießt. Sie wissen es zum Glück noch heute.

Bei einem der früheren Picknicks geschah es dann, dass Ulm seine Frau Alma kennenlernte. Sie alberten herum, flogen um die Wette und machten allerhand Blödsinn. Naja, und irgendwann kam es, wie es kommen musste. Die beiden frischverliebten *Schwälbler* spielten verstecken. Ulm hatte sich auf dem Kopf des Denkmals begeben, Alma flog nichts ahnend vorbei. Ulm wollte sie erschrecken, flog im Sturzflug nach unten, blieb an der Nase von Friedrich dem III hängen und schwupps, brach die Nase ab.

Oh, was gab es damals für ein Theater. „Ich glaube, das Stück der Nase fehlt heute noch", bedauerte Ulm.

Caya schlenderte also durch den Stadtpark, um dann die fast 400 Stufen hochzugehen. Der Weg führte durch ein kleines Wäldchen, steil den Berg hinauf und Caya kam ganz schön aus der Puste. Schnell noch an dem Kastanienbaum vorbei, immer der Nase nach. Kurz warf sie einen Blick nach links Richtung Flori-Berg, der heute klar und deutlich vor ihr lag. Kaum einer schenkt dem kleinen schnuckeligen Berg Beachtung, obwohl dieser doch wirklich wunderschön ist. Außerdem konnte man von dort aus prima auf die Achalm blicken! Sie schüttelte den Kopf und ging weiter den schmalen Weg Richtung HAP-Grieshaber-Haus. Nur einen Augenblick später war sie auch schon da. Sie freute sich, dass sie diesen kleinen, aber sehr idyllischen Weg gewählt hatte und nahm sich vor, nach und nach alle Wege hoch zur Achalm zu erkunden.

Ganz verlassen sah das Häuschen aus. Ulm hatte einst von wilden Partys und lustigen Begegnungen mit HAP-Grieshaber erzählt, nun stand das Haus leer und ein großes Schloss verhinderte den Zugang zu dem Gelände. Und so sehr sie auch an der Tür rüttelte, sie blieb verschlossen. Caya war ein bisschen traurig, gern hätte sie einen Blick hineingeworfen. Just in diesem Moment kam Ulm. Und stell dir vor, Ulm hatte einen Schlüssel für den verwilderten Garten. Nicht nur für den Garten, wie sich herausstellte. Der Schlüssel war ein *Schwälbler-Schlüssel*, mit dem kann man alle, wirklich alle Türen auf der Schwäbischen Alb öffnen.

Ja, du hast richtig gelesen, *alle* Türen! Ganz stolz öffnete Ulm eben diese. Die leicht verrostete Tür knarrte wissend vor sich hin und Ulm betrat als erster das Häuschen. Ein leicht staubiger Geruch strömte ihnen entgegen und Ulm musste schrecklich Husten. Caya staunte nicht schlecht, so heimelig und schnuckelig hatte sie es sich nicht vorgestellt. „Wenn hier erst einmal ein Atelier entsteht, dann wird es wieder zum Leben erweckt – und somit auch die Geister, die hier wohnten. Und jedem, der hier wirkt, wird Kreativität und Ideenreichtum eingehaucht", erklärte Ulm und fügte hinzu, dass auch HAP ein wenig kreative Unterstützung erhalten hatte.

Wie sonst konnte er auch so viele, so schöne Kunstwerke herstellen?

Nach ein paar lustigen Geschichten von früher machten sie sich dann endlich auf den Weg Richtung Tunnelausgang auf der „anderen Seite des Berges". Auch ein schöner Weg, stellte Caya fest. Er führte am Mammutbaum vorbei, diesen hatte HAP's Frau höchstpersönlich gepflanzt. Der Weg war umgeben von lauter verwucherten Schrebergärten und ehemaligen Weinhängen. Caya meinte: „Einen solchen habe ich vorhin schon gesehen".

„Wie bist du denn auf die Achalm gekommen? Nicht das Königssträßle hoch?", fragte Ulm seine Freundin. „Ich bin fast vierhundert Stufen hochgesprungen", erwiderte Caya stolz. „Vor allem gesprungen", lachte Ulm, der mit ansah, wie langsam und gemächlich sie die Straße hinunter ging und alle paar Meter stehenblieb um begeistert ein Foto von den umliegenden Gärten, Bäumen oder Blumen zu machen oder einem Regenwurm auf die andere Straßenseite zu helfen. Einmal beobachtete sie minutenlang einen Feuersalamander.

Drei Meter später blieb sie erneut stehen, um den zweiten Feuersalamander zu treffen und auch ihm Aufmerksamkeit zu schenken. „Dann bist du ja am Goldloch vorbeigesprungen", zog Ulm sie auf. „Und hast du dir bei deinem letzten Sprung etwas gewünscht?", legte er gleich lachend nach. Caya verstand nicht, und so half Ulm ihr ein bisschen nach. „Na, du bist doch am Wunschbaum vorbeigekommen!", erklärte er.

„Hä? Ich dachte, der Wunschbaum ist auf dem Georgenberg?", kommentierte Caya verdutzt. „Das war er früher auch! Bis sich York mit seinem letzten Wunsch gewünscht hatte, dass er dort wieder stehen solle, wo er einst gestanden hatte", klärte Ulm sie auf.

Vor vielen Jahren hatte York den Baum kurzerhand auf den Georgenberg gewünscht. Ganz einfach, weil ihm zu viele neugierige wunschhabende Menschen besuchten, die durch Zufall von dem Wunschbaum erfahren hatten und sich allerhand Blödsinn wünschen wollten. Lauter unnötiges Zeug, wie ein schnelleres Auto, ein größeres Haus, mehr Geld. Und nicht nur einmal, nein, die kamen immer und immer wieder. Irgendwann hatte York, der ja der Hüter des Wunschbaumes war, die Faxen dicke und sich gewünscht, dass der Baum seine Kraft an einen anderen Baum, der an einem unbekannten Ort auf dem Georgenberg stand, weitergeben solle. So war der Baum auf dem Goldloch jahrelang unbewünscht.
„Auf dem Goldloch?" hakte Caya nach. „Na, gleich nach deinen vierhundert Stufen kommt doch das Goldloch, ein ehemaliges Bergwerk – 80 Klafter tief und im achtzehnten Jahrhundert ein Platz der Goldsucher", wusste Ulm. „Gold in Reutlingen?", nun war das Interesse von Caya geweckt.
„So meinte man, allerdings handelte es sich um Katzengold, aber es dauerte eine Weile bis die Leute das begriffen. Pyrit und Schwefelkies. Und den baute man in dem Bergwerk ab. Solange, bis jemand beim

Rauchen eine Explosion verursachte und man daraufhin das Bergwerk schloss. Eben hier am Goldloch!", fügte Ulm hinzu. „Wenn du willst, zeige ich dir das Innere des Goldloches, es wurde nicht alles zugeschüttet wie die Menschen meinen und wir Schwälbler horten hier ein paar wichtige Dinge, die einfach nicht gefunden werden sollen."

„Wie zum Beispiel?", wollte Caya wissen. „Wie zum Beispiel die originale Gründungsurkunde der Stadt, die niemals gefunden wurde. Nur die Statue im Kirchbrunnen hält eine versteinerte Version der Abschrift in der Hand", fügte er lachend hinzu.

„Wir können ja nicht alles in den Gängen unter der Achalm platzieren, wir haben die wichtigsten Wertgegenstände auf mehrere Plätze aufgeteilt", informierte Ulm Caya. Von dem *Schatz der Schwälbler* am Fuße der Achalm wusste Caya ja bereits.

„Und wie war das jetzt mit dem Wunschbaum?", wollte Caya wissen. „Jahrelang stand der alte Wunschbaum einfach nur so da. Die Menschen, die um ihn wussten kamen, wünschten sich ihre Wünsche und gingen wieder. Wie oft saßen wir oben im Geäst und hörten uns die unsinnigen Wünsche an", beschrieb Ulm die damalige Situation. Weiter fügte er an, dass der Wunschbaum irgendwann in Vergessenheit geraten war, schließlich gingen die Wünsche nicht mehr in Erfüllung. Viele Jahrzehnte kam niemand mehr, um sich etwas zu wünschen. Und York? York war an den Georgenberg gezogen, um dort über den neuen Wunschbaum zu wachen.

Zur Erinnerung an den Wunschbaum hatte ein alter ansässiger Konditor Kastanien aus Marzipan kreiert. „Die Konditorei gibt es noch", wusste Ulm.

Ulm hatte damals in der kleinen Backstube geholfen, die Kastanie zu formen. Allerdings aß er mehr von dem köstlichen Marzipan, als dass er es zu Kugeln rollte. Und auch ansonsten machte er sich überwiegend über die leckeren Zuckereien her.

Da gab es ja auch noch die Wasenwaldtannenzäpfle. „Wenn du wüsstest, wie lecker die sind", schwärmte Ulm und ihm lief prompt das Wasser im Mund zusammen.

„Was es alles so in Reutlingen gibt!", staunte Caya. „Lass uns einfach mal im nächsten Sommer zusammen in das Cafe´ gehen und die ganzen Leckereien probieren", schlug Caya mit Begeisterung vor. Sie wusste natürlich schon welches Cafe´ in der Wilhelmstraße gemeint war!

Na, jedenfalls saß der kleine Albi eines Tages durch Zufall auf dem Kastanienbaum oben am Goldloch und hörte einen kleinen Jungen schrecklich weinen. Der Junge hob eine kleine Kastanie auf, warf sie über die linke Schulter, flüsterte etwas mit erstickter Stimme und setzte sich traurig auf den Boden und murmelte unentwegt vor sich hin. Von nun an kam er jeden Tag. Auch Albi saß täglich auf dem Baum und beobachtete ihn traurig. Am siebten Tag flog Albi zu York und erzählte ihm von dem kleinen Jungen. Er bat ihn, dem Jungen doch seinen Wunsch zu gewähren. York war so gerührt, dass er einen Entschluss fasste.

Er nahm eine Kastanie in die Hand, schloss die Augen, warf die Kastanie über die linke Schulter und wünschte sich den „Wunsch" wieder zurück an seinen ursprünglichen Platz.

So kam es, dass der Baum am Goldloch wieder Wünsche erfüllte. Am achten Tag, schon ganz früh am Morgen, kam der Junge erneut. Ganz außer Atem kam er die Stufen hochgelaufen.

Er nahm eine Kastanie, behielt sie eine Weile in der Hand, schaute sie eindringlich an, warf sie über die linke Schulter und murmelte voller Inbrunst vor sich hin. Ganz angestrengt sah er aus, als wolle er mit aller Kraft den Wunsch herbeizaubern.

Am nächsten Tag kam der Junge nicht mehr, sein Wunsch hatte sich erfüllt. Albi war zufrieden. Als der Junge dann am übernächsten Tag kam, war Albi kurz verwirrt.

Doch er kam nicht, um sich etwas zu wünschen, er kam, um ein kleines Dankeschön unter den Baum zu legen. Eine kleine goldene Locke seiner Schwester, die nun wieder gesund und munter war. Und weißt du was? Seitdem wächst und gedeiht der Baum noch viel prächtiger und von Jahr zu Jahr wirft er mehr Kastanien ab.

York war so gerührt, dass er Albi zum künftigen Bewacher des Wunschbaumes ernannte. York war ja auch schon über einhundertsechsundzwanzig Jahre alt, nun sollte ein jüngerer *Schwälbler* die ehrenvolle Aufgabe übernehmen. Und so kam es, dass nun Albi der Hüter des Baumes war. Und wenn du Glück hast, und ganz genau hinhörst, vielleicht siehst du ihn ja auf den dicken Ästen des Baumes sitzen. Hör nur genau hin, vielleicht singt Albi ja eines seiner Lieblingslieder...

Ganz weit oben in den Kronen,
auf der Achalm oben wohnen
ein paar wundersame Wesen, nur ein
paar, fast handverlesen.
Winzig klein, nur daumengroß, schlafen
sie auf weichem Moos.
Ihre Körper fein und zart,
eher von der Elfen-Art.
Verwandt mit Schmetterling und Fee,
verweilen sie im grünen Klee.
Das Kleid aus feinstem Blütensamt,
wunderschön und sehr charmant.
Und die Stimme rein und klar,
grillenähnlich fast sogar.
Freundlich, hilfsbereit, galant,
„Schwälbler" werden sie genannt.
Und es wohnen eben diese
auf der schönen Achalm-Wiese.

Yasmin Mai-Schoger

Auch Ulm und Caya liebten dieses Lied und so sangen sie es voller Leidenschaft und machten sich mit kräftiger Stimme auf den Weg zurück zur Achalm. Doch vorher nahm Caya eine besonders schöne Kastanie, behielt sie eine Weile in der Hand, schmiss sie über ihre linke Schulter und wünschte sich etwas. Was sie sich wohl gewünscht hatte?

An der nächsten Biegung schauten sie hinunter ins Tal. In dem Moment durchbrach die Sonne die Wolkendecke und die Strahlen schienen auf ein paar größere Gebäude. Caya erkannte natürlich sofort, welcher Teil der Stadt so mit warmen Sonnenstrahlen verwöhnt wurde. „Meine FH", seufzte sie.

„Das war eine wirklich schöne Zeit", ergänzte sie zufrieden. „Hätte dich damals das Schicksal nicht nach Reutlingen gebracht, hätten wir uns niemals kennengelernt", fügte Ulm ergriffen an und kitzelte Caya leicht mit seinem Flügel am Ohr. Caya träumte ein wenig vor sich hin und erinnerte sich offensichtlich an ihre Zeit dort.

„Wusstest du, dass in den Kellern der Fachhochschule ein kleiner Schatz liegt?", fragte Caya. Nachdem Ulm dies verneinte, erzählte sie voller Stolz von der weltweit größten Gewebe-Sammlung, die in Reutlingen über die Jahre immer weitergewachsen war. Fast 500.000 Stoffabschnitte lagern dort. Wissend erzählte Caya von einem der wertvollsten Stoffstücke aus dem 7. bis 9. Jahrhundert, welches ein ehemaliger peruanischer Student der FH vermachte.

Doch scheinbar kannte auch Ulm diese überall in der Welt bekannte Stoffsammlung. „Ich war dabei, als damals der Kaiserliche Leibarzt des Japanischen Kaisers die Stoffe an die FH übergab", ergänzte Ulm Cayas Erzählungen. „Ein wahrer Schatz", entgegnete Caya.

„Mensch, ich muss noch den Geschenke-Korb für Wurpik füllen", rief Caya etwas lauter als gedacht, der träumende *Schwälbler* war vor Schreck fast von Cayas Schulter gefallen. Alba hatte sie gebeten einen Korb mit regionalen und typischen Leckereien als Mitbringsel für den kleinen *Harznok* zu füllen. „Hast du eine Idee?", fragte sie Ulm. „Nun ja, als erstes würde ich natürlich eine große Mutschel in den Korb legen, das ist doch absolut typisch für Reutlingen", meinte Ulm. „Am besten gleich mit einem Büchlein über das Mutscheln, sonst weiß er ja gar nicht, was es mit dem *„Nackets Luisle"* oder *„Der Wächter bläst vom Turme" auf sich hat"*, fügte er lachend an. „Oder mein persönlicher Favorit, *„dem langen Entenschiss"*, kicherte Caya. Gern erinnerten sie sich an die vielen gemeinsamen Mutschelabende.

Die beiden einigten sich noch auf ein paar leckere Achalm-Geister, mehrere schokoladige Listtaler – schließlich war auch Friedrich List ein bekannter Sohn Reutlingens, und wie Ulm wusste, war das Friedrich-List-Gymnasium mit seinen über 700 Jahren ja das älteste Gymnasium der Stadt! Wieder einmal kamen Caya und Ulm vom Hundertsten ins Tausendste. Aber es gab auch so viel Interessantes zu berichten und entdecken. Und irgendwie hängt ja auch alles irgendwie zusammen.

Dann hatte Ulm noch eine tolle Idee: „Pack doch noch ein paar Weberknoten in den Korb, als Erinnerung an die gute alte Zeit". Caya wunderte sich dann schon ein bisschen, warum sie „Weberknoten" einpacken sollte. Aber nachdem Ulm ihr erklärte, dass die leckeren Pralinen aus der hier ansässigen Konditorei stammten, war sie natürlich sofort einverstanden. Und sie beschloss, dass sie gleich die doppelte Menge kaufen würde – ein paar dieser köstlichen Knoten auch für sich! Und wenn sie schon vor Ort in ihrer Lieblingskonditorei ist, würde sie auch ein paar Schwäbische Macarons kaufen.

Da mussten die beiden lachen. Schwäbische Macarons waren Vanill-Brödle, doch das wussten nur die wenigsten.

Am Ende fand dann auch noch der allseits beliebte Achalm-Honig ein Plätzchen und sogar selbstgemachte Maultaschen und frische Brezeln. Einen ganzen Korb voller schmackhafter Gaumenfreuden aus dem Schwabenländle. Na, hoffentlich überlebt er der Weg unbeschadet, nicht dass Alba noch davon naschte, lachte Ulm, der Alba ja schon länger kannte. Ganz oben auf wollten sie noch Ulm's Lieblingsbuch über die Achalm dazu legen. Caya schmunzelte, sie kannte das Buch, schließlich beinhaltete es die allererste Geschichte über die *Schwälbler*. Sie hatte „Die Achalm" durch Zufall entdeckt, leider gab es das Buch nicht überall zu kaufen. Ulm liebte die Geschichten über die Schwälbler. „Zum Glück wissen die Menschen ja nicht, dass es eben nicht nur eine Geschichte ist", lachte Ulm.

Sie hatten heute so viel g'schwätzt, dass es wieder einmal spät geworden war. Für heute wollten sie dann auch Schluss machen, schließlich wollte Caya morgen mit Alba zu Wurpik fahren. Und den Tunneleingang hatten sie sich auch nicht angeschaut. Aber in zwei Wochen wollten sie sich ja wieder treffen, schließlich gab es ja noch so viel zu Bestaunen und zu Erzählen. Auch der Besuch der Bärenhöhle stand noch aus, sie hatten es bis heute nicht geschafft diese zu erkunden.

Alba meets Wurpik –
Ein Schwälbler bei den Harznoks

Endlich war es soweit! Alba war schon ganz aufgeregt. Sie konnte es gar nicht erwarten, Wurpik wiederzusehen. Auch auf seine Heimat war sie ganz gespannt, er hatte so viel Schönes erzählt und sie freute sich darauf, mit ihm die Wälder und Täler zu erkunden. Alba stand mit Caya am Bahnhof und wartete auf den Zug. Bald würde die Sonne untergehen. Die beiden hatten sich dazu entschlossen, den Abendzug zu nehmen, dann würden nicht so viele Leute im Zug sitzen und Alba könnte sich etwas freier bewegen. Tagsüber war einfach die Gefahr zu groß, dass man sie sehen konnte und das wollten die beiden natürlich vermeiden. Die paar Menschen, die von den Schwälblern wussten, reichten voll und ganz. In der Hand hatte Caya einen riesengroßen Korb voller Leckereien und Köstlichkeiten von der Schwäbischen Alb. Maultaschen, Mutscheln, Brezeln, Schwäbische Macarons und ein paar andere mit Liebe ausgewählte Delikatessen.

Der Zug kam, sie stiegen ein und los ging es. Kaum hatten sie einen Platz gefunden, fuhr er auch schon an. Es ratterte und schaukelte, es schwankte und klapperte. Ein bisschen mulmig war Alba schon zu mute, schließlich war es ihre erste Fahrt mit dem Zug. Alba war noch niemals weiter als bis zur Eselswiese gekommen und gefahren ist sie bislang nur mit dem Rad. Nichtsdestotrotz freute sie sich auf die Reise. Am meisten natürlich auf Wurpik.

Caya saß am Fenster und schaute auf die vorbeihuschenden Wiesen und Bäume. Auch Alba lugte zum Fenster hinaus und erhaschte noch einmal einen letzten Blick auf ihre geliebte Achalm. Das Herz wurde ihr ganz schwer und für einen Moment füllten sich ihre Augen mit Tränen. Sie seufzte, nahm sich aber vor, sich zusammenzureißen. Alba krabbelte in Cayas Manteltasche und machte es sich bequem. Nachdem sie im nächsten großen Bahnhof umgestiegen waren, hatten sie endlich ein Abteil für sich alleine und Alba konnte aus ihrem Versteck kommen. Caya hatte den Korb für Wurpik auf einen der Sitze gestellt, die restlichen Sitze blieben frei. Nachdem sie eine Weile gefahren waren und Caya ausführlich über ihr Reiseziel berichtet hatte, ging plötzlich die Tür auf, eine ältere Dame trat ein, ein quirliger Hund schlich sich an ihr vorbei, machte einen Satz auf den Sitz und schnappte sich als erstes die darin liegende Brezel.
Da half auch kein „Nein, Bruno! Nein!" Ruckzuck hatte sich Bruno über die Brezel hergemacht und nicht ein Krümelchen übriggelassen. War das der Dame peinlich! So peinlich, dass sie Bruno schnappte, sich mehrfach entschuldigte und dann in das nächste Abteil weiterzog. Zum Glück, so hatten Caya und Alba wenigstens wieder ihre Ruhe.

Als die beiden dann aussteigen wollten, blieb Alba mit ihrem Flügelchen am Klapptisch hängen und Caya brauchte eine ganze Weile, um sie zu befreien. Alba zeterte und schimpfte, doch es half alles nichts, Caya musste sie ganz langsam und vorsichtig aus den Fängen des Tisches befreien. Gerade noch im letzten Moment hatten sie es geschafft. Caya nahm schnell noch den Korb und in letzter Sekunde verließen sie den Zug.

Fast hatten sie ihr Ziel erreicht. Um den Ort, aus dem Wurpik und Caya stammten zu erreichen, mussten sie allerdings noch eine Weile mit dem Auto fahren. Die Fahrt war ziemlich kurvenreich und links und rechts waren nur Bäume zu sehen. Bis auf eine Fuchsfamilie am *Adlersberg* und ein Wildschwein an der *Beuse-Wiese,* erblickten sie keine Menschenseele. Müde und erschöpft kamen sie in dem kleinen Örtchen an. Da es schon recht spät war, beschlossen sie, erst am nächsten Tag die Gegend zu erkunden.

Am nächsten Morgen standen sie entspannt und ausgeschlafen auf und wollten sich gleich nach dem Frühstück auf den Weg zu Wurpik machen. Vorher genossen sie allerdings noch die wunderschöne Aussicht! Der Nebel stand über den Tälern und fast sah es aus, als wären die Wiesen und Bäume mit liebevoller Hand gemalt. Ein bisschen wie in einem Märchen fand Alba. Sie flatterte ganz aufgeregt hin und her.
Und als sie sich ein wenig zu weit entfernte, verschwand sie in einer kleinen Nebelwolke. Alba quietschte vor Vergnügen, als die Nebeltröpfchen sie an ihren feinen Flügelchen kitzelten.

Sie flog hoch aus dem Wölkchen hinaus und ließ sich im Sturzflug in die weiche Wolke fallen. Leider fiel sie nicht weich, sondern auf etwas Hartes. Alba war auf dem Rücken einer Kuh gelandet, die gerade an dem Hang nach einer neuen Stelle zum Grasen gesucht hatte. Und was für eine hübsche Kuh das war, stellte Alba begeistert fest, nachdem sie sich von ihrem Schrecken erholt hatte.

Caya erklärte ihr, dass dies eine ganz besondere Art Kuh sei. „Ein echtes Harzer Höhenvieh", verkündete Caya mit stolzer Stimme. Sie fügte noch an, dass diese Sorte Kuh zu der ältesten und ursprünglichsten Art Kuh überhaupt gehören würde und sie hier überall frei rumlaufen. Alba hörte aufmerksam zu. Und als Caya dann auch noch von dem alljährlich stattfindenden Viehaustrieb berichtete, bei dem die Kühe schön geschmückt durch den Ort liefen, um dann auf die Weide zu gelangen, plante sie gleich den nächsten Besuch. Zu Pfingsten hatte sie eh noch nichts vor, also passte ihr das sehr gut.

„Langsam sollten wir dann mal los!", meinte Caya. Schließlich wollten sie sich ja heute mit Wurpik treffen und vielleicht würden sie gleich im Anschluss noch einen kleinen Ausflug machen, hoffte Caya.

Zufällig wusste Caya, dass der kleine *Harznok* sich bis zum Abend in der Nähe des Spiegelbaches aufhielt, also machten sie sich auf den Weg. Der Nebel hatte sich mittlerweile verzogen, der Ausblick war wieder klar und mindestens genauso atemberaubend! Den Korb mit den Leckereien nahmen sie gleich mit!

Das kleine Örtchen lag in einem Tal, umgeben von lauter Wäldern und Wiesen. Sie gingen an einem kleinen Bach entlang und Alba staunte nicht schlecht, als sie sah, dass das seichte Wasser voller Forellen war. So viele Fische auf einem Haufen hatte sie noch nie gesehen! Alba war begeistert. Auch von der Luft war sie ganz angetan, sie konnte gar nicht genug davon bekommen, so rein und klar fühlte sie sich an.

Caya erklärte Alba, dass sie sich hier in einem Luft- und Heilkurort befanden und dass früher die Menschen von weit her gereist kamen, um hier Urlaub zu machen. Das liegt wohl an den nicht enden wollenden Wäldern. Hier war ja wirklich alles grün! Und wenn es mal keinen Wald gibt, dann einen kleinen Bach, einen reißenden Fluss, oder aber einen See. Manchmal eine Talsperre.

Im Harz gibt es überdurchschnittlich viele Talsperren und Stauseen. Das mochte wohl daran liegen, dass es hier ziemlich oft regnete und man hier schon sehr früh die Wasserkraft nutzte, auch für den Bergbau, welcher früher überall im Harz zu finden war. „Und in jedem dritten Ort kannst du dir so einen Schacht anschauen!", erklärte Caya. Sie erzählte auch gleich von dem Bergbaumuseum im Nachbardorf, dort konnte man mit einer kleinen Lok in die Grube einfahren. Oder auch mit dem Boot unter Tage schippern.

Als sie dann auch noch hörte, dass Cayas Großvater höchstpersönlich eines der riesigen hölzernen Wasserräder gebaut hatte, war sie sprachlos. Alba fand das alles sehr spannend.

Als sie dann an einer kleinen Lichtung ein Rehkitz mit ihrer Mama sah, schmolz sie vor Bewunderung für diesen Ort fast dahin. Wurpik hatte nicht zu viel versprochen! Ein kleines Paradies!

Alba konnte es kaum erwarten, sie wollte so vieles unternehmen. Caya hatte ihr von einer ewig langen Hängebrücke über ein wunderschönes Tal erzählt, die wollte sie sich natürlich anschauen. Auch den 19-Lachterstollen wollte sie besuchen, schließlich hatte Caya als kleines Mädchen dort viel Zeit verbracht.
Und in jedem Fall in die Iberger-Tropfsteinhöhle! Schon allein deswegen, weil Caya und Ulm es bis jetzt nicht in die Bärenhöhle geschafft hatten und sie hoffte, mit Wurpik an ihrer Seite würde sie sich weniger fürchten.
Und auf den Brocken, auf den Brocken wollte sie in jedem Fall. Als Caya ihr von der dampfenden Schmalspurbahn, die sich den Berg hochschlängelte erzählte, hatte sie sofort Feuer gefangen.
Dann waren sie endlich am Spiegelbach angekommen. Und da sahen sie ihn auch schon. Wurpik war inmitten des Sees - mit seinem hölzernen Floß schien er irgendetwas zu ziehen. Alba rief ihm kurz zu und als hätte er sie nicht gehört, drehte sich Wurpik um. Alba war schon ein bisschen enttäuscht! Als sie aber sah, was dann kam, vergaß sie ihre Enttäuschung auf der Stelle. Es folgte ein Pfiff, Wurpik hob die Arme und plötzlich tauchte ein riesengroßes Herz im Wasser auf. Dieses sprang für einen Moment hoch und hielt sich für

den Bruchteil einer Sekunde über der Wasseroberfläche. Erst dann begriff Alba, dass es sich um lauter Fische handelte.

Wurpik stand auf seinem Floß und schien zu dirigieren. Und die Forellen und Karpfen, vielleicht auch ein paar kleine Bachsaiblinge sprangen immer wieder aus dem Wasser und formierten sich zu den schönsten Gebilden. Und im Hintergrund sangen ein paar Vögel, sie hatten ein kleines Liedchen für Alba einstudiert. Welch' schöner Willkommensgruß! Was für eine schöne Liebeserklärung! Alba blieb fast das Herz vor Freude stehen. Auch Caya hatte Tränen in den Augen. Das hatte sich Wurpik wirklich schön ausgedacht. Er war halt ein ganz besonderer *Harznok*.

Alba konnte nicht anders und flog zu ihrem Wurpik, umarmte ihn und vor lauter Freude und der daraus entstandenen Unachtsamkeit, fielen die beiden prompt zusammen ins Wasser. Klatschnass krabbelten sie auf das Floß und mussten sich erst einmal die Flügelchen trocknen. Caya wartete so lang am Ufer des Sees und träumte ein bisschen vor sich hin.

Nachdem beide wieder getrocknet waren, verließen sie den Spiegelbach und traten eine kleine Wanderung über Bachläufe, Flüsse, Wiesen und Weiden an. So wunderschön hatte es sich Alba wirklich nicht vorgestellt. Egal wohin man schaute, hier war alles voll mit Heidelbeerbüschen, Pilzen, Moosteppichen und winzigen nachwachsenden Fichtenbäumchen.

Bei ihrem Spaziergang machten sie auch einen Abstecher zu Wurpiks Familie, sie wollten den mitgebrachten Korb ja nicht den ganzen Tag tragen.

So lernte Alba gleich ein paar der freundlichen *Harznoks* kennen.

Alba war äußerst angetan von den offenen und stets heiteren Wesen und versprach, in jedem Fall wiederzukommen.

Sie gingen weiter Richtung Adlersberg, doch Wurpik hatte eine andere Idee. Wusste er doch, dass Alba Eis liebte.... Und eine kleine Pause hatten sie sich auch langsam verdient.

Wurpik steuerte direkt auf ein älteres Gebäude zu. Scheinbar war es das alte Rathaus. Jedenfalls gab es dort laut Caya das beste Veilcheneis im ganzen Land!

Und nicht nur das, es gab hier auch Eis aus echtem Sauerampfer oder Grubenlicht. Einfach himmlisch!

Wenn man bedenkt, dass vielleicht schon Goethe hier verweilte. Die Harznoks begleiteten Johann damals an den Badstubenberg und zeigten ihm ein paar interessante Gesteinsformationen, für die er sich damals sehr interessierte. Leider ist die Geschichte in Vergessenheit geraten.

Als Alba einen Blick in die Karte warf, musste sie laut lachen. So etwas Lustiges hatte sie noch nie gesehen! Die Gerichte hatten Namen wie „Gartenfee", „Räuchermännchen", „Wildwuchs" oder „Hühnerstall". Sie saßen eine ganze Weile gemütlich beisammen, als Alba eine dicke braun-grüne menschengroße „Statue" auf der anderen Seite der Straße entdeckte. Wurpik erzählte die Geschichte um diese Gestalt.

Eine alte Sage besagt, dass dieser Mann, groß und wild soll er gewesen sein, eine riesige alte Eiche hier in den Boden gestampft hatte. Laut Wurpik war der Wilde Mann sogar Namensgeber der Bergstadt! Hier gab es lauter Geschichten um irgendwelche Gestalten. Überall wimmelte es scheinbar von Hexen, Kobolden oder sogar menschenähnlichen Tieren. „Das scheint ein sehr lustiges Völkchen zu sein", stellte Alba fest. Von den vielen Sagen und Geschichten hatte Alba immer das Gefühl, dass gleich irgendein Wesen hinter dem Baum hervorlugte. Aber bis auf ein paar *Harznoks*, die gerade im Wald nach dem rechten schauten, begegneten sie natürlich niemandem.

Es wurde dunkel und so gingen sie langsam wieder den Berg hinauf.

Von einer Sekunde auf die andere war Alba umgeben von Hunderten von Glühwürmchen. Stell dir das mal vor! Hunderte von kleinen leuchtenden Pünktchen zwischen den Bäumen, die aufgeregt hin und her flogen. Und Alba mittendrin! Sie konnte sich kaum sattsehen, so begeistert war die kleine *Schwälblerin*. Caya mahnte irgendwann zur Eile und so verabschiedete sie sich von ihren neuen Freunden. Was für ein schöner Tag! Glücklich und zufrieden ging Alba schlafen und träumte von Veilcheneis und Glühwürmchen.

Am nächsten Morgen überraschte sie Wurpik mit einem leckeren Frühstück. Eigentlich wollten sie draußen im Garten essen, aber nachts hatten ein paar Wildschweine den Garten durchwühlt und es sah aus wie auf einem Schlachtfeld! Naja, so ist das eben, wenn man mitten im Wald wohnt.
Pustel-Zwerg-Wildschwein Wanka kam später vorbei und entschuldigte sich für das unmögliche Verhalten ihrer nahen Verwandten. Als Wiedergutmachung half Wanka beim Umgraben der Beete und Alba durfte sogar eine Runde auf ihrem Rücken reiten.

Aber zurück zum Frühstück. Nachdem sie ganz in Ruhe gegessen hatten, machten sie sich auf den heute etwas längeren Weg. Mit Rucksack bepackt und genügend Jacken zum drüberziehen, gingen sie los.
Alba machte sich noch darüber lustig, dass Caya so viel zum Anziehen mitgenommen hatte, doch Caya ließ sich nicht beirren.

Sie packte noch Proviant ein und dann ging es los. Sie fuhren durch immergrüne Wälder, vorbei an Seen und Flüssen, um dann endlich auf einen Bahnhof zu gelangen. Das war nicht nur irgendein Bahnhof, es war ein Bahnhof der Harzer Schmalspurbahn. Welch' atemberaubender Moment, als die Dampflok um die Ecke gefahren kam und der ganze Bahnhof voller Qualm und Nebel war.

Die drei Freunde tuckerten gemütlich mit der Dampflok den Berg hoch, kamen an wunderschönen Schauplätzen vorbei und fuhren immer um den Berg herum. Einmal flog Wurpik kurz aus dem Fenster, um dann einen Moment später rußgeschwärzt und rabenschwarz wieder zu erscheinen. Alba kicherte. Caya schimpfte. Wenn man ihn nun gesehen hätte. Doch da konnte sie völlig unbesorgt sein, die Menschen hatten nur Augen für die Schönheit der Natur. Immer wieder rief Alba begeistert, wie schön sie es hier doch fand. Ihre Stimmung wurde allerdings getrübt, als sie aussteigen mussten und es schlagartig anfing zu regnen. Und kalt wurde es auch. Zwei Minuten später hagelte es sogar! Alba konnte es kaum glauben! Wie konnte es sein, dass das Wetter innerhalb von Minuten so umschlug? Nun verstand sie, warum Caya die ganzen Jacken mitgenommen hatte.

Sie stellten sich einen Moment unter, und gerade als Alba schon meckern wollte, was für ein Wetter hier oben herrschte und man gar nichts sehen konnte, riss der Himmel auf und die Sonne schickte ihre Sonnenstrahlen auf die Erde.

Innerhalb kürzester Zeit war alles wieder trocken und der Himmel wieder strahlend blau.

Von hier oben konnte man über den ganzen Harz schauen. Kein Wunder waren hier auch Heinrich Heine und Goethe gewandert und hatten darüber später Gedichte geschrieben.

Auch andere Besucher hatten sich durch den Ausblick inspirieren lassen:

Die Nacht war kurz,
kurz war die Nacht –
ich hab' die Nacht auf dem Brocken verbracht!
Seltsam still die Nacht dort war,
der Ausblick gut, der Himmel klar!
Nur der Wind, der Wind und ich –
der Wind durch Gras und Wiese strich.
Der Mond schien hell, hell schien der Mond,
der Aufstieg hatte sich gelohnt!
Ein Ort zum Verschnaufen, Erholen, Pausieren,
zum Innehalten und regenerieren!
Hier oben kann man relaxen, entspannen,
den Stress aus seinem Kopf verbannen.
Kraft schöpfen, für einen Moment,
für ein paar Stunden abgelenkt.
Ich sah den Harz in all seiner Pracht,
in dieser kurzen, kurzen Nacht.
Glücklich, entspannt stieg ich ins Tal,
beim allerersten Sonnenstrahl.
Es war eine wunderschöne Nacht-
Zum Glück hab ich sie
auf dem Brocken verbracht!

Yasmin Mai-Schoger

Ja, der Brocken hinterlässt bei jedem Besucher einen bleibenden Eindruck!

Als dann auch noch ein riesiger Regenbogen über den Bergen und Tälern erschien, war Alba wirklich sprachlos. So etwas Schönes hatte sie noch nie gesehen!
Der Abstieg war geprägt von riesigen Felsen, wuchtigen Steinen und hohen Klippen. Sie waren den wohl schönsten Weg hinunter ins Tal gegangen. Wenn auch den mühsamsten.

Teilweise mussten sie sogar von Stein zu Stein hüpfen, doch genau das machte ihnen besonders viel Spaß. „Das Eckerloch ist einer der beliebtesten Wege hoch auf den Brocken", meinte Wurpik. „Mit recht!", bestätigte Alba diese Aussage. Sie fühlte sich wie in einem wunderschönen Märchen.

Umgeben von urigen Fichten und herrlichen hölzernen Stegen. Einfach fantastisch! Sie war froh, dass sie dem Rat gefolgt waren und spontan auf dem Brocken übernachtet hatten. Einen solchen Sonnenuntergang gab es sonst nur am Meer zu sehen, schon allein deshalb hatte sich der Ausflug gelohnt! Und diese Stille! Perfekt! „Genau das richtige für alle vom Alltag gestressten Menschen", bemerkte Caya. „Hier kann man richtig durchatmen und in sich gehen!", fügte Alba hinzu. Auch der Sonnenaufgang war unbeschreiblich. Keine Menschenseele war dort oben und Wurpik und Alba konnten nach Herzenslust dort oben rumschwirren.

Nach diesem Ausflug waren wirklich alle geschafft! Nach so vielen schönen Eindrücken und der herrlichen Luft, konnten sie alle gut schlafen. Caya wollte am nächsten Morgen noch eine gute alte Freundin in einem der nahegelegenen Dörfer besuchen und dann war der Urlaub auch schon wieder vorbei. Als Caya erwähnte, dass sie sich in einem Steinbruch treffen wollten, wollte Alba natürlich sofort mit. Alba liebte Steine. Sie hatte bereits ein paar wirklich schöne Steine als Erinnerung an ihre Reise gesammelt, eine ganze Tasche voll! Und auch Alma wollte sie ein paar Steine mitbringen. Am Ortseingang kicherte Alba vor sich hin. „Wolfshagen, was für ein lustiger Name für eine Ortschaft", murmelte sie. „Tja, nicht wie bei euch alles mit −ingen am Ende!", witzelte Caya.

„Metzingen, Tübingen, Reutlingen, Sondelfingen....", zählte Alba auf. „Tatsächlich, sehr viele Orte mit − ingen", stellte sie fest.

„Hier heißt vieles mit –thal, -berg oder –burg", meinte Caya. „So wie Wildemann!, Wolfshagen!, Hahnenklee!", zog Alba ihre Freundin auf. Immer witzelten sie miteinander!

Kaum waren sie im Steinbruch angekommen, flatterte Alba auch schon los. Sie sammelte mal wieder Steine. Allerdings waren die Steine viel zu schwer für die kleine Alba und so verlor sie ständig an Flughöhe und irgendwann kam es, wie es kommen musste. Alba blieb an dem Felsvorsprung hängen und konnte nicht mehr vor und zurück! Nun musste Caya auf den Felsen klettern und sie befreien. Zum Glück kannte sich ihre Freundin hier bestens aus und half den beiden. Außerdem hatte sie immer ein kleines Etui dabei, gefüllt mit Nadel, Faden und Schere – sie war halt ein echtes tapferes Schneiderlein. Sofort befreite sie Alba und schenkte ihr ihr schönstes Lächeln. Natürlich hatte auch sie sich sofort einen Platz in Albas Herzen erschlichen.

Sie saßen dann noch eine Weile oben auf dem Felsen lachten, kicherten, erzählten von früher und schauten auf die eindrucksvolle Landschaft um sie herum. Auch hier alles von Fichten umgeben. Ja, hier war es wirklich wunderschön und vor allem so schön still, stellte Alba fest und versprach, dass sie in jedem Fall wiederkommen würde, nicht nur wegen Wurpik!
Leider war der Urlaub zu Ende, am nächsten Tag mussten sie sich wieder auf den Weg machen. Beiden wurde es sehr schwer ums Herz. Als Caya sah, dass auch Alba nur schweren Herzens die Reise antrat,

versprach sie, bald wieder herzufahren. Es gab ja auch noch so viel zu entdecken!

Als der Zug einfuhr, kam noch eilig Wurpik angeflattert. Er wollte natürlich auch schnell Tschüss sagen. Und außerdem hatte er für Alba noch ein Abschiedsgeschenk. Das war auch der Grund, warum er so lang gebraucht hatte. Wurpik hatte extra noch das Buch der *Harznoks* für Alba besorgt, damit sie ihn nicht vergessen würde. Sie verabschiedeten sich und dann ging es los.

Einmal blickte Alba noch zurück und schaute auf die immer kleiner werdenden Bergkuppen. Lustig! Erst jetzt viel es ihr auf. Hier sah es von weitem genauso aus, wie zu Hause. Kurz vor Reutlingen hatte man einen sehr ähnlichen Blick auf die umliegenden Berge. Mit diesem Lächeln schief sie ein und verpasste die Hälfte der Zugfahrt.

Nach ein paar Stunden voller schaukeln, rattern, klappern, rumpeln und rütteln, kamen sie dann endlich wieder in die Nähe ihrer geliebten Achalm. Schon von weitem konnten sie ihren kleinen Hausberg sehen, und fühlten sich sofort wieder heimisch! So sehr Alba auch ihre Reise genossen hatte, hier war ihre Heimat!

Weitere Buchempfehlungen

Der Hausberg

Yasmin Mai-Schoger
ISBN: 9 783 732 289 81 4
erschienen im BoD-Verlag

Die Achalm

Yasmin Mai-Schoger
ISBN: 9 783 750 411 98 2
erschienen im BoD-Verlag

Demnächst im Handel: Die *Harznoks*